庆祝新中国成立60周年
Celebrate the 60th Anniversary of the People's Republic Of China

# 翔鸿乘风

## 珠江纵队女战士李铁回忆录

李铁 口述 李冬 执笔

暨南大学出版社
JINAN UNIVERSITY PRESS
中国·广州

**图书在版编目（CIP）数据**

翔鸿乘风：珠江纵队女战士李铁回忆录/李铁口述，李冬执笔．—广州：暨南大学出版社，2009.9
（广东省庆祝新中国成立60周年重点出版物）
ISBN 978-7-81135-381-5

Ⅰ.翔…　Ⅱ.①李…②李…　Ⅲ.革命回忆录—中国—当代
Ⅳ.I251

中国版本图书馆CIP数据核字（2009）第147783号

出版发行：暨南大学出版社

---

**地　址**：中国广州暨南大学
**电　话**：总编室（8620）85221601
营销部（8620）85225284　85228291　85220693（邮购）
**传　真**：（8620）85221583（办公室）　85223774（营销部）
**邮　编**：510630
**网　址**：http：//www.jnupress.com　http：//press.jnu.edu.cn

---

**排　版**：暨南大学出版社照排中心
**印　刷**：佛山市浩文彩色印刷有限公司

---

**开　本**：787mm×1092mm　1/16
**印　张**：12
**字　数**：145千
**版　次**：2009年9月第1版
**印　次**：2009年9月第1次

---

**定　价**：23.80元

---

**（暨大版图书如有印装质量问题，请与出版社总编室联系调换）**

## 广东省庆祝新中国成立60周年重点出版物编委会

# 总序

林 雄

今年，我们迎来了新中国成立60周年！

1949年10月1日，毛泽东同志在北京天安门城楼亲手升起第一面五星红旗，向全世界庄严宣告：中华人民共和国成立了！历史翻开崭新的一页，中国从此踏上了强国富民的振兴之旅，开辟了社会主义建设和改革开放新纪元。

漫漫历史长河中，60年只是短暂的一瞬间，但中国已经走过了波澜壮阔的风雨历程，取得了举世瞩目的成就，古老的神州大地发生了翻天覆地的变化。新中国成立之初，刚从战火硝烟中走来的共和国一穷二白、满目疮痍、百废待兴，今天的中国，经济建设快速发展、社会事业和谐进步、人民群众安居乐业；昔日饱受西方国家孤立围困的共和国，已经成为了维护和推动当今世界和平与发展不可缺少的重要力量；中华文化在沉寂一百多年之后，也日益展现其无穷的魅力。中国，像一艘刚刚起航的巨轮，正向着更高更远的目标破浪前行。

广东地处祖国南疆，是改革开放的前沿阵地和试验田，广东60年的发展历程成为了新中国沧桑巨变的缩影。60年来，特别是改革开放以来，广东经济社会全面发展，取得了举世瞩目的成就，经济总量先后赶超亚洲“四小龙”中的新加坡、中国香港和台湾地区，成为中国内地名副其实的经济强省；城乡面貌日新月异，人民生活水平明显提高，南粤大地处处呈现政通人和、安居乐业的祥和景象。

伴随着新中国前进的步伐，广东文学也走过了辉煌的历程。我们深深地体会到——

我们的文学创作，要体现社会主义核心价值体系追求。在市场经济的语境中，文学创作的价值追求更加难能可贵。社会主义核心价值体系是动员中国人民走中国特色社会主义道路的精神力量，是增强中华民族认同感，团结全国各族人民为实现中华民族的伟大复兴而奋斗的精神支柱，是引领全国人民在思想上、道德上共同进步，不断提高中华民族国民素质的精神源泉。所以说，社会主义核心价值体系是构建和谐社会的精神基础，而和谐文化是全中国人民团结进步的重要精神支撑。构建和谐文化，是构建社会主义和谐社会的重要任务。

我们的文学创作，要突出岭南特色，彰显岭南气派。辽阔的岭南大地，经由南越文化、中原文化和海外文化交融碰撞，孕育了独具一格的岭南文化，它理性、包容，兼收并蓄，保持着强劲的生命活力，为广东文学提供了丰富的文化遗产和宝贵的精神财富。改革开放以来，广东领全国风气之先，形成了广东特色的思想文化观点、文化意识形态。岭南特色和岭南气派既有着深远的历史传统，又有着丰厚的现实基础，二者常常合而为一，以其开放、务实、创新的姿态，展示在国人和世界面前。在文学的百花园里，突出岭南特色、彰显岭南气派的作品，必定是别具一格、独具魅力的奇葩。

我们的文学创作，要做到思想性和艺术性的完美统一。我们的作家必须具有社会责任感和高尚审美观，在创作过程中，注重艺术技巧、追求艺术魅力、营造艺术感染力的同时，还必须致力于思想、心灵世界的广阔和深邃。要站在历史的高度，与时代同步，把握时代的主题和生活的本质，热情讴歌民族精神和时代精神。一切优秀的文学作品，都是思想性和艺术性的完美结合。作品有了深邃的思想，就会变得崇高；有了精湛的艺术，就会历久弥新；思想性和艺术性完美统一，就会感召社会、激励人心、传之久远。真、善、美、爱，是思想内涵所在；民族精神和时代精神，更是思想精华的集中体现。优秀的文学作品，就是要用最为独特的艺术灵光，传递最有普遍意义的思想价值和精神内涵。

我们的文学创作，既要是高雅、优美的，又要是普罗大众所喜爱的。要贴近实际，贴近生活，贴近群众，为人民写作，为时代放歌，努力反映人民的主体地位和现实生活，做人民的作家。要始终与人民群众同呼吸共命运，努力满足人民群众日益增长的精神文化需求，把人民群众满意不满意、欢迎不欢迎，作为衡量文学作品的主要标准。

为庆祝新中国成立60周年，中共广东省委宣传部、广东省新闻出版局、广东省作家协会和广东省出版集团精心策划、组织出版一批重点图书，以文学作品的形式回顾60年发展历程，反映60年发展成就，总结60年发展经验，鼓舞全省人民以更大的热情投身改革开放和社会主义现代化建设伟大事业，努力争当科学发展排头兵，为共和国60华诞献上一份特殊的礼物。这些作品中，有讴歌建国60年伟大成就的长诗，有以现实主义手法创作、唤起人们对于不同时期历史观、价值观思考的长篇小说，有全面切入岭南不同文化生态与历史成因的历史文化题材散文，有缅怀革命先烈、歌颂爱和奉献的报告文学，有关怀青少年成长、富有艺术感染力的儿童文学，等等。我们寄望这些作品，在岁月之中发散光芒，汩汩汇入华夏民族精神的河流，鼓舞和激励广大人民群众振奋精神、同心同德，开拓进取，为改革开放和社会主义现代化建设再立新功。

60年弹指一瞬，大江东去，岁月如歌。

波澜壮阔的时代大潮、如火如荼的社会生活、诗情画意的平凡人间，正是勇于追求和探索的作家们的文学源泉和心灵歌谣。当今世界，文化与经济相互交融，文化作为一种重要的软实力，在综合国力竞争中的地位日益凸显。我们正站在一个新的历史起点上，文学事业发展道路无限宽广，广大作家任重道远。希望广东的作家们面对新时代，迎接新挑战，坚守良知，勇于担当，为人民写作，为时代放歌，创造更多更好的精品力作，让文学的思想和精神，照亮人们的心灵，为构建和谐社会作出新的更大的贡献。

2009年8月

（作者系中共广东省委常委、宣传部部长）

# 自序

我的母亲从小教导我要心存善念，不做亏心事，要刻苦读书、学医救人。

我生活在一个动荡的年代，日寇侵华，慈母过早离世，令我失去了求学的机会。幸获善心人士的义助，得以入读镜湖护校，又在中共地下党的指引下走上抗日从军之路，以所学医护知识在战场上救死扶伤。六年军旅生涯，我转战南北，深入前线救护受伤战友，子弹在头顶呼啸，炮弹在不远处炸响。我曾经历重重艰难困苦，但我心坚定，始终不忘母亲的教诲。

抗敌胜利后，我得到了领导的关怀，入读医科大学，继而留学苏联深造，学得一技之长得以报效祖国。自 1960 年学成回国，我一直努力教学，潜心科研，出版了《护理心理学基础》、《医学心理学入门》、《行为科学与行为医学》等多部著作，发表了多篇学术论文。我以诚心对学生，以仁心待病人，获学生厚爱，患者也视我为挚友。

80 余年的人生经历，使我从一个自幼失慈的小孤雁，成长为一个坚强的女战士和医务工作者，这既有个人的不懈努力，更有党组织的关怀和培养，还有许多善心人士的帮助，对此我心存感恩。总结一些人生故事，成册《翔鸿乘风》，作为我对这些恩人的答谢，也献给我的老战友及老同学，共同纪念我们曾经的激情岁月。年纪大了记忆或有失误，望老朋友们批评指正。同时，也以此书勉励我的后代继承我的志向，努力学习，踏实做人。

2009 年 5 月 22 日

# 目　录

# 一、童年点滴

## （一）西关的记忆

据老一辈人说，我的祖上居住于白山黑水之间，到近代才入粤的。

小时候，每逢春节，母亲就在大厅里挂出历代李氏祖先的画像来供奉。列祖列宗身穿官服，或站或坐，相貌威严，给幼小的我留下无限遐思——他们是些什么人？

母亲还让我和哥哥对着那些先人的画像磕头，并警告我们不许偷吃供品。据说，要等先人们不吃了，我们才能吃。

可是从没见先人们吃啊？调皮的哥哥想出了一个偷供奉点心的好办法，那就是借小妹的手，就算让大人发现了，也拿他无可奈何。

自从 1938 年日军对广州狂轰滥炸，母亲带我逃难离开了广州之后，我就再也没有见过这些画像。直到我长大成人，这些古老画像的谜团才逐渐解开。

记得小时候搬过好儿次家。

1927 年 11 月，我出生在广州西关，这里曾是昔日荔枝湾的胜景所在，“一湾春水绿，两岸荔枝红”，美景如诗如画。

依稀记得小时候家门前有两棵大榕树，孩子们都喜欢在树下玩。树上有许多小鸟，偶尔也会有小蛇，大胆的男孩子会用竹枝逗弄蛇尾，蛇就爬上树逃走了。母亲常对我说：“小心蛇下来缠你的脚。”我不怕蛇，也从没被蛇缠住过脚。

离家不远的地方还有一个鱼塘，小孩子都喜欢在那附近玩，偶尔见到几条翻白肚的鱼，孩子们就争先恐后地用树枝捞起来拿回家。

后来，我家搬到西关闹市区的一幢骑楼，楼下是大马路，有许多汽车、黄包车及单车来来往往，我常吵着要下楼玩。有一天，家中的佣人阿姐带我下楼看汽车，后来阿姐背着我，跟着另外一个人，不知走了多久，到了沙基码头，我突然哭着要找妈妈，惊动了警察，后来才知我们被拐了。那时我只有三岁。

母亲说："这屋不吉利，搬屋！"

没多久，我家搬到西关一个小巷子里，记得家里的大厅连着一个天井，下雨时母亲总是在天井中放两个脸盆接水，我看着雨水滴滴答答的，很是有趣。每当水快存满时，我就会大喊："妈妈，水满了。"

印象最深的是卧室上面有一个复式的小阁楼，母亲把不常用的东西及我的玩具通通放到阁楼上，我经常爬上阁楼去找玩具。在这里我住得很开心。

一天晚上，母亲叫醒我说："乖女，睡在床中间，不要动，靠墙的床边有蛇。"当晚，母亲一夜未合眼。

第二天是周末，在中学住宿的哥哥回家。母亲告诉他发现蛇的事，哥哥便去外公家找来八舅父，两人翻箱倒柜地找遍了整幢房子，最后在小阁楼装玩具的木箱子里，发现那条让母亲提心吊胆了一整晚的蛇，它正懒洋洋地盘踞在我的玩具上。

当晚，我们住到了外公家。

外公家有好多人，外公住在二楼，喜欢躺在床上抽长长的烟筒，烟味刺鼻。楼下住着两位当时尚未出嫁的阿姨和八舅父。外公对母亲说，那所宅子听说常有蛇出没，不如搬家吧。

第三天，八舅父请了一位"蛇王"（捉蛇专家）到我们家，捉了蛇，又四处察看。做完一切后，"蛇王"对母亲说："太太，靠近大门口右边的墙下，地面有条长长的白印，那是蛇爬入屋的通道。您要是害怕，最好还是搬家吧。"

就这样，我们又搬家了，父母在华林寺附近的茂林横街买了一幢半新的住宅，那年我大约八九岁。这幢三层高的小楼，位于茂林横街10号。母亲和我住在二楼，佣人阿姐因为要照看我也住在二楼。

厨房和饭厅在三楼，餐桌上有个铜制的大转盘，来访的表弟和表妹最喜欢转来转去地玩。

饭厅连着一个大露台，上面种了很多花草，当中是一盆很大的莲花。在露台上能看到一大片西关的民居，夏天的夜晚我们喜欢在那里纳凉，数着天上的星星。

与我们的小楼相隔100米左右，就是广州闻名的华林寺。从我们家二楼就可以望到华林寺的后座，视线越过高高的围墙，可以看到郁郁苍苍的古树。

香火鼎盛的广州华林寺

华林寺香火鼎盛，从早到晚善男信女络绎不绝，烟香如云似雾，凝聚在寺的上空，再飘出寺院的后围墙，附近一排排楼房，都沐浴在淡淡的香烟中。浑厚的钟声和朗朗的诵经声，抑扬顿挫，和谐共鸣。夕阳西下，烟缭雾绕的华林寺更显得庄严肃穆。

搬入这幢小楼后，华林寺的念经声引起了母亲的关注，也由此改变了母亲的信仰。

茂林横街的家珍藏着我无数美好的童年幻想和记忆，直到广州沦陷，家园美景不再。在昔日欣赏西关美景的大露台上，我看到日本军机狂轰滥炸后的雄雄烈火，以及变成废墟的民居。

## （二）我被拐了

我幼年时最深的记忆之一就是，我被拐了。

三岁时，我家搬到西关闹市区的一幢骑楼，我们住在二楼，厨房在楼下，从一楼通往二楼的是一条很陡的木楼梯，没有扶手，我下楼时很害怕，紧紧地抓住母亲的手。有几次自己下楼找母亲，不小心跌了下去，疼得大哭。

骑楼下的人行道上有许多小贩在叫卖各式各样的小吃，最能引起我兴趣的，是推小车卖牛腩和肉丸的，阵阵香味传来，我总是吵着要吃。

人行道之外，就是热闹的马路，有许多汽车、黄包车及单车来来往往。那时广州的主要交通工具是黄包车，小汽车好像总嫌黄包车挡路似的，不停地按着响亮的喇叭，我觉得十分有趣，看得入了神。

有一天，家中的佣人阿姐带我下楼玩，后来不知阿姐怎么回事，背着我跟着两个人走了很长时间，到了沙基码头。看着陌生的地方，我突然大哭起来："我要妈妈！我要回家！"

我不停地哭闹，阿姐哄了半天也不行。终于，我的哭声惊动了两个警察，他们走过来问阿姐："你家住在哪里？"

"我也不知道。"阿姐茫然地答道。阿姐是乡下人，对广州并不熟悉。

后来警察叫阿姐抱着我坐上警车，离开码头到了警察局。警察安排我们住在一个小房间里，关上了铁门。见不到母亲，我还是不停地哭，其中一位警察就从铁门上的空隙处递给我小玩具，说："小妹妹乖，不哭，你妈妈明天就会来接你回家。"

我们在这个小房里住了两天两夜，三餐都是由警察送进来，早餐是白粥、油炸鬼（油条），午餐和晚餐都有肉吃，印象最深的是一碟大豆芽炒牛肉，非常美味。吃饱之后，我还是不停地吵着要找妈妈，不明白为什么警察叔叔要带我们进来。

过了一天，阿姐突然说："我想起来了，我们在家门口玩时，有两个青年人抽着烟，站在我身边，向我喷烟。然后叫我背着小姐跟着他们走，后来一直走到沙基码头。"

后来我才知道，阿姐是中了迷烟，如果不是我的哭声吸引了警察，很可能就被那两个人带上船了。

在我们被拐走的那两天，父母急坏了，哥哥和八舅父找遍了所有的亲戚家。后来看到警察局的寻人启事才找到我们。

在警察局的第三天早上，我们正在吃早餐，我突然看到哥哥和八舅父站在铁门外，我高兴极了！哥哥抱着我，警察开车把我们四人送回家。

一见母亲我就忘掉了所有的不快，忙着告诉她，警察叔叔送给我玩具，还吃了很好吃的大豆芽炒牛肉。

母亲对那个警察千恩万谢，警察临走时摸了摸我的头说："小妹妹，以后不可以跟陌生人走了啊。"

晚上，我不肯跟阿姐睡，紧紧地搂着妈妈不放。

## （三）我的父亲

1953 年我大学毕业后，哥哥与我相约回广东，到顺德众冲为母亲省墓，那年，父亲把他增修的李氏祖谱传给了哥哥，我才知道我们李氏一族的来历。

说来我们李氏祖先是朝鲜人。

据我们家传的李氏祖谱记载：明朝洪武年间，先祖李膺尼相伴族人李哲根穗、李哈山、李厦霸努、李把图理，从朝鲜咸镜道楚山，渡过鸭绿江归附明朝。李膺尼授铁岭卫总旗、指挥使，从此李氏一族便在辽东铁岭卫安家落户，李膺尼被尊为始祖。

一世祖是李膺尼之子李英，世袭铁岭卫指挥使，第二世祖文彬和第三世祖春美，也都世袭铁岭卫指挥使。

到了四世祖李泾，除世袭铁岭卫指挥使，还授昭勇将军。李泾育有四子——成梁、成宽（成龙）、成材（成武）、成林（成海）。李氏世袭官爵，族亲旺盛，成了铁岭的大户，而李氏成为明末最显赫的军功贵族，主要是由于李泾的长子李成梁。

李成梁，字汝契，号寅城（引城），他两次任辽东总兵，镇守辽东 30 年，先后 10 次奏大捷，巩固了明朝的东北边防。《明史》说李成梁“英毅骁健，有大将才……”明万历八年（1580 年），明神宗朱翊钧为表彰李成梁镇守辽东军功，建了李成梁石坊，位于今辽宁省锦州北镇市，石坊上刻有“世爵”、“天朝诰券”及“镇守辽东总兵官兼太子少保宁远伯李成梁”等字。哥哥离休后，曾回铁岭找寻李成梁石坊等遗迹。

李成梁石坊

李成梁的大名传至现今，一方面是他镇守边关战功赫赫，另一方面是他用计杀死了清太祖努尔哈赤的祖父和父亲，削弱了建州女真的实力，其后又收养了努尔哈赤为养子，这些在近年的影视作品及历史小说中常有描述。

族谱上还记载，努尔哈赤有个弟弟叫舒尔哈齐，他的女儿，被李成梁的二子李如柏纳为妾，生育三子。据说这是汉（朝鲜）满最早的通婚，故此，李氏与满族有血亲的关系。

万历四十三年（1615 年），李成梁卒于北京，享年 90 岁，葬在仰山之北（今北京附近）。他死后三年，万历四十六年（1618 年），努尔哈赤诏告对明朝的“七大恨”檄文，正式对朝廷宣战。万历四十七年（1619 年），努尔哈赤攻陷铁岭卫。李氏一族 500 余人遇难，百余人被屠杀，一部分逃回故乡，一部分随清兵入关，还有少部分留铁岭卫小屯村务农，看祖坟。

李成梁长子李如松曾威震朝鲜，抗击倭寇丰臣秀吉，其他如李如柏、李如桢、李如樟、李如梅，族子李如梓、李如梧、李如桂、李如楠等，皆骁勇善战，有父兄之风，被人誉为“李家九虎将”。

崇祯十五年（1642年）二月，清太宗统满、蒙八旗，攻克辽东锦州府。凡明朝大小文武官员归命投诚，分隶各旗。李氏一族编入汉军正白旗，驻锦州府。

我们家这一支是李成梁之弟李成武的后裔。

五世祖李成武，字成材，是李泾第三子，官至辽东参将，诰封昭武将军。他的儿子如楠、如桂也官至参将，与李成梁之子李如松等合称“李家九虎将”。

李成武长子如楠（自盛），清顺治二年（1645年）定鼎燕京，论军功授汉军红旗军统领，诰封昭武将军。

李成武的嫡孙李进学，字魁梧，是祖谱上的七世祖，也是我们李氏入粤始祖。顺治六年（1649年），李进学随清平南王尚可喜，领满、汉八旗下广东。次年，广东平，授藩下旗鼓领一等尉，晋封骑都尉，诰封武德将军。

自清顺治年间李氏入粤，祖辈敕授承德郎、儒林郎，诰封奉直大夫、儒学正堂、江南军功千总等，或弃军从学、从政、从商，有显赫、有平实。

我的祖父李怡，字心孺，中了举人，钦加同知，赏戴蓝翎，还当过浙江杭县正堂。到了我父亲这一代，已是入粤第十世（自一世祖李英计是第十六世）。

我的父亲李湜芳，字仿白，号杏存，光绪十六年（1890年）3月18日出生于广州，终于1963年5月15日，享年73岁。

父亲求学时期恰好是清末民初，他先是考上清朝的拔贡，辛亥革命后成立中华民国，父亲又考取了民国法学士，曾任律师、法官、法学教授。

记得小时候母亲常带我去法庭听审，看着父亲很威严的样子，年幼的我对他很是景仰。父亲常对我说："办案要公正，不偏不倚。"因此，长大后当律师，是我小时候的梦想之一。

20世纪30年代的广州太平路

父亲的"李湜芳律师事务所"设在广州太平南路（今人民南路）191号二楼。在20世纪30年代，太平南路是广州繁华的商业区。

父亲这位大律师收入想来很是不错的，置了不少房产，母亲将房子租给人家，租金用以家庭开支。可惜，自古才子多风流，母亲嫁进李家没几年，父亲在外又陆续置了几个"家"，母亲这位西关的金枝玉叶，日渐枯萎。

## （四）我的母亲

清末民初，住在广州西关，曾是身份的象征。所谓："东山少爷，西关小姐。"那时，大商家多住在西关，而有权有势的官老爷就住在东山。我的母亲陈丽宽于光绪十七年（1891年）农历七月二十日出生于西关。1938年日本侵华对广州狂轰滥炸。母亲带我到顺德躲避战火，于1939年4月16日（农历二月二十七日）离世，享年 49 岁。

我的母亲陈丽宽

母亲是广州老字号“陈李济”药店创始人之一陈体全的第九代孙女。“陈李济”始创于明朝万历年间，距今已有 400 多年历史。当年创业，还流传着一段传奇故事。

南海县商人陈体全收完货银乘船回广州，船抵广州时他匆忙上岸，将货银遗落在船上，被一位名叫李升佐的同船旅客拾获。李升佐也是南海县人，颇谙医道，在广州大南门已末牌坊脚开了一间中草药店。李升佐不顾天寒地冻，在码头等候良久，终将遗银璧还失主。

民国时期位于汉民路（今北京路）的“陈李济”老铺

陈体全重金相赠，李升佐婉言谢绝，于是陈体全诚恳提出：拿出遗金半数，投资于李升佐经营的中草药店。李升佐谦辞再三，终不能却，只好应允。于是，两人用红柬写下合伙文书："本钱各出，利益均沾，同心济世，长发其祥。"并将店号定名为"陈李济"，寓"陈李合作，同心济世"之意。从此，"陈李济"这个字号就在广州创立并发展起来了。

自创办以来，陈李两族轮流选任司理（类似厂长），我的外公陈少兰，当年曾当过"陈李济"的司理。

与广州其他地方的女性不同的是，当时的西关小姐有了与男子同样的受教育机会。母亲先是上私塾，后来进了女子师范学堂，婚前还教过书。母亲知书达理，思想开放而又不失矜持贤淑。但她的婚姻仍凭"父母之命，媒妁之言"，嫁给了门当户对的李家。

陈体全

李升佐

母亲共生育四个子女，前面有两位姐姐，哥哥排行第三，我最小。我从未见过两位姐姐，她们在小时候便相继患病夭折了。每当说起姐姐，母亲都难掩伤悲，这成为她心中永远的痛，也是她希望我将来长大学医救人的缘由。

我的姐姐李敬旋

母亲很会持家，除了祖业，当律师的父亲先后购置了不少房产，大多位于西关带河路、濠畔街一带，母亲将房子租给他人，有住宅也有商铺，租金用于家庭开支，其中有家杂货铺，我们去买油盐酱醋不用给现钱，可记账，月结时扣抵铺租。

虽然家用富足，但母亲仍是很节俭，她用的洗脸毛巾都脱了边儿还不舍得丢。记得家中一位老佣人曾笑着对母亲说："太太，要是所有人都像您这样，毛巾厂都要关门了。"

不过母亲对子女却十分疼爱，她让子女读最好的学校，受最好的教育。

哥哥上中学后住校，周末才回家。记得每到周末，母亲总是吩咐佣人煮上一大锅鸡汤。每到周末我都盼着哥哥回来，其中一个原因就是可以喝到美味的鸡汤。

父亲的事业如日中天，但却越来越少回茂林横街的家了。搬入茂林横街的小楼后，母亲渐渐被附近华林寺的香火和诵经声所熏陶，信了佛。对于父亲的喜新厌旧，母亲既伤心又无奈。沉浸在无涯的佛海，可以让母亲暂时忘记婚姻的不如意。那时每逢初一、十五，全家吃斋，还记得母亲曾带着我去珠江浴佛船河放生。

后来家中新来了一位佣人阿姐，她对我很好，每天送我上学，接我放学，晚上都陪我睡在同一卧室。善解人意的她与母亲相处得十分融洽，母亲后来认了她当干女儿，我也改口叫她干姐。

善良能干的干姐让母亲很放心。1937 年的一天，暑假后刚开学不久，母亲将我托付给干姐，说是出门几天，又叮嘱我不要独自上街，因为之前我差点被拐走。三天过去了，母亲仍没回家，我从来没和母亲分开过那么久，一想到她就不停地抹眼泪，干姐也十分着急。

第四天是周末，哥哥回家了，得知母亲几天来音讯全无，哥哥也很着急。晚饭时虽然跟平时一样，干姐准备了鸡汤，但我没心思喝，想着母亲不知何时才回来，我又哭了起来。

这时，母亲突然回家了，一上二楼，见我哭得很伤心，就把我搂在怀里说："妈妈不好！妈妈再也不离开你了！"原来这些天母亲去了香港沙田的一座尼姑庵——她想剃发出家，但那里的师太打消了母亲出家的念头，让她为了年幼的我，在家带发修行。母亲还给我们看师太送给她的佛珠。

母亲从此念经礼佛，仿佛看透世事一般，将更多的心思放在哥哥和我身上。她那时常对我们兄妹二人说："乖仔读完中学再读大学，乖女长大学医救人。"母亲对子女寄予了无限厚望。

## （五）陈家手足情

母亲共有八兄弟姐妹，她排行老二。记忆中母亲和五弟媳很投缘，两家因而来往密切，五舅妈常常带着表弟和两个表妹到我家小住。

我的外公在其元配去世后，又娶了一个妻子，就是我的继外婆。继外婆先后生了两男两女，五舅父陈树霖是继外婆嫁来陈家生的第一个儿子。

五舅父年轻时仰慕我父亲这个大律师的才华，想到父亲的律师事务所见见世面，因而给父亲当了一段时间的助手，专门帮父亲写状纸。后来，为了打理“陈李济”家族生意，五舅父考了执照当中医，又回到“陈李济”药厂工作。

虽是同父异母，我的六姨却与母亲长得最相像。她后来嫁到了广东侨乡台山，六姨丈谭宝星是驻守在台山的国民党军队的军官，抗日战争时在与日军的战斗中阵亡。

兄弟姐妹当中，母亲最疼爱八弟，也就是我的八舅父。家里有什么好吃的，母亲都会想着他；而八舅父也常来我家看看有什么要帮忙。八舅父比我哥哥大不了几岁，因而两人十分要好。他是我见得最多的陈家人。

八舅父陈树文 1915 年出生，30 年代毕业于广东中医药专科学校（现在的广东中医药大学的前身）。外公想让他父业子承，到“陈李济”从事家族产业。但八舅父却有着自己的主意。日军入侵中国后，广州的热血青年纷纷走上抗日救亡的道路，那时正值国共两党合作抗日时期，八舅父瞒着外公外婆到粤北加入国民党抗日军队当军医。

抗战胜利后，他先后在韶关和香港当老师，直到新中国成立后，又怀着报效祖国之心回到广州，一直从事教育工作。

虽然当了多年教师，八舅父并没有放弃对中医药学的兴趣，由于医术了得，退休后被广州石化厂请去当厂医。后来又恰逢改革开放，国家允许个体行医，他便成了首批挂牌行医的中医师之一。

20 世纪 90 年代初，我受聘于广州东山一家医院，每周做一次心理咨询义诊，也请八舅父去助阵，那时已逾古稀的老人家很高兴还能发挥余热。我的一位学生婚后多年不育，到处求医，八舅父帮她调理了大半年，终于怀了孩子。八舅父已仙逝多年后，每当提起这位老中医，她仍是念念不忘。

## （六）我的兄长

我的哥哥李克明，本名绍曾，1919年10月出生于广州。

我的哥哥李克明

哥哥比我大8岁。记得小时候有一次哥哥在玩衣车，他用手转着衣车，我看衣针一上一下地动着很是有趣，就把手指放到衣针下，结果扎得哇哇大哭，母亲冲上楼，把哥哥痛打了一顿！

哥哥的成绩很好，中学时考入一所名校，每逢周末他回家，是母亲最开心的日子。晚饭时喝鸡汤，哥哥的那碗汤是最大碗的，母亲说他正在长身体，要多吃东西，哥哥也把他的所见所闻告诉母亲。

轰轰烈烈的北伐革命，给童年时代的哥哥留下了很深的印象。到了1931年九一八事变，日本侵吞我国东北，不愿做亡国奴的中国人开始跟侵略者斗争。

1935年，在北平“一二·九”运动的影响下，广州学生开展了声势浩大的抗日救亡爱国斗争。记得有一次，哥哥回家跟我们讲了抗日示威大游行的经过，还告诉母亲要抵制日货。

哥哥中学毕业后决定到北平读书，那时的北平，是所有中国热血青年向往的地方。哥哥远离故土跑到北平去读书，一方面是追求进步和理想，另一方面也是为了逃避封建家庭的专制。

哥哥对父母的感情充满了矛盾，既敬仰父亲的才华，又憎恨他对母亲的冷落；既舍不得远离母亲，又想出外闯一闯。

母亲倒是认为，好男儿志在四方，赞同他出远门求学。

1937 年 7 月 7 日，驻华日军悍然发动卢沟桥事变，开始全面侵华，抗日战争爆发。七七事变之后，日军于 1937 年 7 月 28 日大举进攻北平，29 日北平沦陷。

哥哥与几位同学在北平、天津期间，遇到共产党地下组织，于是哥哥到了延安，他将自己的名字改为“克明”。

哥哥 1937 年到陕北后，参加了工农红军，进入陕北公学学习，同年加入中国共产党。之后，历任冀察热辽军区营教导员、团政委，晋察冀军区旅参谋长、团长，两广纵队副师长，参加了百团大战和平津、太原、广东等战役。

新中国成立后，哥哥任海军司令部作战处副处长，之后参与了中国海军潜艇部队的创建，历任海军潜艇学习队副队长、第四海军学校副校长、海军舰艇支队支队长。1964 年哥哥毕业于解放军政治学院，后历任海军潜艇部部长、南海舰队副参谋长、南京海军指挥学院副院长，曾获二级独立自由勋章、二级解放勋章。

我们李氏祖先自入粤后基本上已弃军从学，或从政、从商，而到了我们这一代，哥哥为抗日救国，则弃学从军。

哥哥在从军的数十年中，累立战功，现在联想起来，或许是祖先骁勇善战的基因在他身上得到了体现。

自哥哥离家到北平求学之后，我再也没有见过他；1938

年广州沦陷后，我也失去了他的音讯；直到新中国成立后，失散十多年的兄妹，终于在上海重逢！

# 二、相依的终局

## （一）日机轰炸　广州沦陷

记得小时候母亲教给我许多儿歌，“排排坐，吃粉果，猪拉柴，狗透火（点火）……”直到现在我还记忆犹新。到我再大一点，母亲又教我背古诗。

1933 年，我 6 岁，上了广州市国立第三十三小学。按李氏祖谱，到我这一辈是“绍”字，我的大名便叫李绍鸿。

我最喜欢数学，每次考的分数都很高，经常得到老师的表扬，回到家就高兴地把试卷拿给母亲看，她总是笑眯眯地摸着我的头。

每天放学回家后，我先吃些点心，然后坐在桌边做功课，母亲总是很耐心地陪着我，她是那么的慈爱，直到今天，我还常常想起她注视我时那慈爱的眼神。

哥哥平时住校，母亲便把全部心思放到了我身上。每晚睡觉前，便是我的故事时间，母亲给我讲诸葛亮、岳飞的故事。上二年级后，我认得的字渐渐多了，母亲便开始指导我读《三国演义》、《水浒传》。

母亲的手很巧，我的衣服都是她亲手缝制的，记得有一年春节，我的新衣是一件豹纹小旗袍，我非常喜欢。

平静的生活过了没几年。1937 年，我 10 岁，七七事变的枪声震撼了全中国，也震撼了我的心灵。

七七事变的消息传来后，在具有反帝光荣传统的广州，抗日民众团体如雨后春笋般兴起。广州各界和全国各地一样，对日本侵略者公然侵犯我国华北的行径，感到无比愤怒，纷纷进行游行示威和支持前方将士的各种活动。全市工人、农民、学生、教师、商人和军队官兵均纷纷表现出抗日杀敌的决心。

我们学校的学生也参加了游行和募捐活动，低年级同学分组站在人行道上，扯开嗓子高唱抗日救亡歌曲；高年级同学则或向往来的行人激昂地宣传抗日救国，或在胸前挂着小纸箱，手拿小纸花，向行人兜售纸花为前线将士募款。

为了自卫也为了强身，母亲送我去学习武术。每次练功回家，我都热得满脸通红，母亲让我先洗澡更衣，再给我喝绿豆汤或是西洋菜汤、菜干汤之类的汤水。我总是一边喝汤，一边向她讲述街上的所见所闻以及练功的情况。

日本侵略者占领了华北地区后，其魔爪逐渐从中国的北方伸展到南方。母亲担心着身在北平的儿子的安危，也担心着广州有一天也会沦陷。看着母亲终日忧心忡忡，我就把学来的拳术、剑法练给她看，这让她有了一丝安慰。

广州遭空袭后无家可归的小难民

没多久，从 1937 年秋天开始，日本军机开始了对广州地区的狂轰滥炸，母亲担心的事终于发生了。

据广州档案馆史料记载，从 1937 年 8 月 31 日日军首次空袭广州起至 1938 年 10 月 21 日广州沦陷，日军共对广州市进行了长达 14 个月的狂轰滥炸，空袭广州的日机共有近百批 900 多架次，共炸死居民 6 000 多人，炸伤近 8 000 人，毁坏房屋 4 000 多间，毁坏船只近百艘。其中规模最大、广州损失最为惨重的是1938年五六月间的大轰炸，仅仅一个多星期，日军共出动飞机14批100架次，使广州成为瓦砾与尸骸相互堆积的城市。

日军对广州狂轰滥炸，大火烧了三天三夜

夏衍在《广州在轰炸中》一文里写道："街上尽是半疯狂状态的号哭着的失去了丈夫和儿子的女人，尽是装在运输汽车上的一列列的白木棺材，残砖碎瓦，被烧焦了的民房，炸弹片，一排排的用芦席盖着的尸首，和由红变褐、由褐变黑了的血迹，晚风吹过来，空气中充满了火药气和血腥……"

1938年10月21日，广州沦陷，日军侵占了广州，大火连烧数天不熄。铁蹄所至，财物皆为灰烬，村庄成废墟，人尽变鬼魂。难以忘怀的惨痛记忆！

我无忧无虑的童年生活，被日军飞机的轰炸搅乱了。为了躲避日军的轰炸，母亲带着我辗转于澳门及顺德乡间，体弱多病的母亲因担惊受怕，过早地离我而去。

广州沦陷了，我的童年也沦陷了。

## （二）澳门避难

1938 年 10 月 22 日，日军进占广州市政府

从 1937 年秋天开始，几乎天天都有日本军机飞到广州扔炸弹。开始时还不是很频密，我们家那一带暂时逃过一劫。日军好像是分片轰炸，有时也在我家上空呼啸而过。

日本军机有时还会夜袭广州，防空机关往往先发出警报，然后立即实行灯火管制，全市顿时变成黑暗的世界。

市立第六十四小学被日机炸毁后的现场

我那时年少胆大，不知道什么叫害怕，每天放学后，就爬到三楼天台看日本飞机。干姐一听到防空警报，就冲上天台，拖我下楼躲起来。

我之所以喜欢去天台，是因为有一天，我看到我方空军起飞迎击，击落了两架日军飞机。目击敌机先后在空中着火坠毁，广州市民无限欢欣。

不过，更多的是平民死伤若干的悲惨消息。听到“轰隆轰隆”几声巨响，母亲在惊恐过后总是叹息：“不知又添了多少亡魂！”

1938 年 6 月，惠爱西路被日军飞机炸死的民众

后来，广州的中小学纷纷搬迁，我入读的广州市国立第三十三小学也停了课，刚升上五年级的我失学了。

我对日本鬼子的仇恨也随着炸弹的巨响与日俱增。

母亲则每天生活在恐惧中，生怕日军飞机的炸弹扔到我们头顶上。她听说河南（广州人将珠江南岸的那一片地方称为河南，当时经济发展不如珠江之北的广州市区，人口也少）稍为太平点儿，就带着我到河南避难。母亲带我到她朋友家住，记得她还上街买了冬菇和花生油，做油焖冬菇吃。在河南住了两天我们又回家了。

1937 年 11 月上海沦陷，干姐夫从上海回广州，虽然很不舍，但母亲是善心的人，她让干姐与干姐夫团聚。干姐夫妇打算开个小铺做点小生意，所以除了结清工钱，母亲还给她一笔钱和一些金饰，干姐含泪离开了我们家。

日军飞机仍然天天扔炸弹，人心惶惶，可怕的消息时时刻刻在扰乱人心。许多人陆续离开广州，许多有钱人搬到香港、澳门。在经历了一次狂轰滥炸后，母亲决定带我到澳门去避难。

二战期间，葡萄牙是中立国，所以作为当时葡萄牙殖民地的澳门也算是中立地区，没有受到战火波及。

当时的澳门是个靠赌业支撑的小城市，出现了畸形的繁荣：一方面，广州、香港、东南亚的许多有钱人家，为逃避战火，带着巨额财富来到澳门，依然过着花天酒地的奢侈生活，赌场、妓院、酒楼、舞厅生意兴旺；另一方面，大批难民涌入这个相对平安的澳门半岛。日军封锁了澳门的水陆两路，使澳门物价飞涨，尤其是粮价，一日数涨。

我身后的二楼就是1938年母亲带我避难时住的地方。1997年与外孙女惟惟故地重游，感慨万千

母亲在靠近海边的一条街，印象中叫咸鱼栏的一幢民宅的二楼租了一间房，里面只有一张床，母女俩挤在一起，小厨房里只可煮简单的饭菜。傍晚时，母亲常常带我到海边散步，看到很多难民流离失所，就睡在街上，甚至沦为乞丐。母亲可怜那些难民，却也无能为力。

我们离开广州时很仓促，带的钱不多，而澳门生活费用日见飞涨，尽管母亲已是极为节省，但剩下的钱仍然越来越少了。

我们在澳门无亲无戚，生活极为艰难，母亲终日担忧。半年后，母亲见局势稍微缓和一点，春节前又回到了广州茂林横街的家。

## （三）众冲避难的日子

从澳门回来又过了几个月，1938 年的五六月间的大轰炸使广州损失极为惨重，广州局势越来越紧张。母亲打听到顺德一带好像比较太平，想到以前有一位曹大嫂曾在我们家帮佣，她正是众冲曹家村人，于是母亲就决定离开广州前往众冲避难。

母亲收拾了几件简单的行李，虽然知道复学无望，我还是坚持要带上我的几本书。

对于离开家到一个新地方生活，我既不安又兴奋，我以为还会像去澳门一样，只是去众冲避一避，所以许多心爱的东西都没有带，没想到再也没有机会回茂林横街的家了。

出发的那一天，母亲换下旗袍，和我都穿上布衣布裤，带着佣人阿好姐，在八舅父的护送下，几经周折到了顺德众冲曹家村。我们先找到曹大嫂，她带着我们去找曹大叔，大叔将我们带到了离村口不远的曹氏祠堂。我们就落脚在祠堂后面的一座一房一厅的小屋子里，原本那是村民放农具杂物的地方。

我们在众冲住了大约一年，直到 1939 年 4 月 16 日。那是我终身难忘的日子，我亲爱的母亲去世了，那时我还不到 12 岁。

多年来，我很想念母亲，想念和她在一起的日子。很想再回到众冲，看一看当年和母亲避难的地方，探访一下当年的邻居曹大叔。

离休后，这个念头越来越强烈。可是，由于当年我还很小，记不大清所在村子的地理位置甚至村名，而且经过了差不多60年，人事全非，不知景物是否依旧。

辗转打听了多年，依然没有头绪。

2006年的一天，巧遇女婿小能新闻界同行的一位朋友，他是顺德人，在勒流镇委机关工作，和他说起我战时在众冲避难的事，他答应帮忙寻找。没多久，他打电话来说，勒流镇委听说有个老珠纵游击队员想到众冲寻亲，很是支持，专门找了一位“顺德通”来帮忙。

2006年5月16日，在女儿的陪同下，我们驱车到了勒流，与那位小伙子会合，我提供了当年母亲和我就住在离村口不远的祠堂附近、邻居姓曹等线索。

他说，众冲倒是有个曹家村，先去看看吧。

到了曹家村，问了村民，找到了曹氏祠堂，可这个祠堂看起来很新，应是近十来年才建的，而且离村口很远，我怎么看都不像当年的曹家村。

我们又先后去了周边的三四个村子，那些祠堂都不是我记忆中的样子。折腾了半天，差不多到中午了，那天天气很热，大家又饿又累。

小伙子提议，还是返回曹家村，问一问村里的老人家，于是我们又回到曹家村。

大家分析，最好是找七十岁以上的老人。那天也是奇怪，往来的没什么老人，倒是村子边上的一条小河涌让我觉得似曾相识。

终于碰到一位老人家，问起有没有在村口附近的祠堂。他说，是有一个，不过早已弃用了。我走过去看，那祠堂拆得只剩下一小部分，但从古老的青砖和地上的长条麻石遗迹上，还能依稀看出当年祠堂的规模。绕到祠堂的右前方，我看到一个水塘，这莫非就是我当年拔鱼草喂鱼的池塘？

旧祠堂附近的人家，正是姓曹，问到记不记得60多年前广州一位太太带着女儿来避难，几位老人都说听说过。

2006年与女儿一家在当年避难的曹家村祠堂遗址留影。

2006年5月与曹汝文大叔的弟媳（左二）合影。

一位年纪比我稍小的老妇人说，我口中的曹大叔叫曹汝文，早些年过世了。她是曹大叔的弟媳，以前常听曹大叔说起，当年有位太太带着一个十来岁的小姑娘，还有一个妹仔（佣人），曾来这里避难。

我刚才并未向曹家村人提起过阿好姐，听她一说，我就知道这里就是我要找的曹氏祠堂了。

也许是因天气炎热，也许是想到了当年相依为命的母亲，我突然感到一阵眩晕。

后来，在曹家村人的帮助下，我和曹汝文大叔的女儿桂环和桂芹联络上了，她们都嫁到了外村，我还专程去与桂环见了面，也算是圆了感谢恩人的夙愿。

## （四）考入知用中学

我们逃难到顺德，母亲只带着少量的积蓄和金器，她心知带来的钱撑不了多久，就让曹大叔帮忙租了祠堂后面的一个小鱼塘，又请他买来几斤鱼苗，希望以养鱼维持生计。记得母亲说："到年底鱼大了，卖了可买大米。"

曹大叔让我每天去塘边的土坡上拔鱼草放进鱼塘。每天清晨一起床我就去拔鱼草，看着水中的鱼儿无忧无虑地游来游去，如果有小鱼翻白肚浮了起来，就捞起来拿回家吃。我心想：等不到卖，也可以享享口福呢！

曹大叔又帮我们在鱼塘边开了一块地，教我们种菜、种番薯。每天我拔了鱼草，就和阿好姐在那块地上，按曹大叔的指导，忙得不亦乐乎。

乡下的新生活让我兴奋了一阵子，可是没有学上，还是让我闷闷不乐。母亲就鼓励我说："乖女不要伤心，用心复习功课，将来一定有机会读中学、上大学。”

到顺德众冲住了两三个月，1938 年暑期结束的时候，八舅父突然到众冲来看我们，并告诉母亲：“听说知用中学在大良开了分校，可让鸿女去试试。”

知用中学是广州当年著名的私立中学，创办于 1922 年。1937 年，日寇飞机开始轰炸广州市时，知用中学尚未迁校，1938 年夏天，在广州市沦陷前，知用中学未雨绸缪地设立了南海里水及顺德大良两个分教处。

八舅父得知消息就赶到众冲。母亲为我收拾上学用的衣物和用品，第二天一早八舅父带我去大良应考。

曹大叔划着小船送我们，不到中午就到了大良，八舅父马上帮我报名考试。当时只考了两门课程——数学和语文，大约用了两个钟头吧，数学考题对我来说不算难。印象中语文考试是写一篇文章，我写的是日本人从侵略中国东三省开始，魔爪又伸到广州，对平民狂轰滥炸，但我们终有一天会把日本鬼子赶走。

当天下午就发榜了，学校通知说：“李绍鸿可以插班读初一。”我高兴得跳了起来。失学一年多，全靠母亲在家督促我温习功课，我幸运地考上知用中学。八舅父帮我办了入学手续，交了学费，我被安排在二楼的女生宿舍。

这是我第一次离家独立生活，与同学们一起享受校园时光，我感到很兴奋。饭堂在女生宿舍的一楼，记得早上有白粥和油炸鬼吃，中午和晚上的饭菜虽然简单，但我仍觉得非常美味。

可惜，好景不长，我考上知用不到一个月，广州沦陷，战火波及邻近的城镇，学校通知停课，让同学们马上收拾行装回家。老师告诉我们说，广州已沦陷，大良处境很危险，日军随时可能入侵大良。

我的中学生涯就这样结束了。收拾好行装，和几位同学结伴回到众冲。一见到母亲，我就忍不住哭了，告诉她广州沦陷，大良危急，学校停课了。

母亲安慰我说："妈妈知道你想读书，没关系，你自己在家好好温习功课，总有一天还会再上学的。"

母亲随后又拿出哥哥辗转寄来的家书，哥哥在信上说："北平沦陷，我和同学去陕北，日军将会侵入广州，母亲多保重，妹妹勿荒废学业。"

哥哥的信已被折得皱巴巴的，母亲已看了无数次，这封信勾起了我对远方哥哥深深的思念。

回家后没几天，继广州沦陷不久，顺德县城大良也沦陷。曹大叔告诉母亲，日军到处抓青壮年去做苦役，强奸、侮辱妇女。商店不敢开门营业，居民也关门闭户、不敢外出。

我当时心情非常难受，感到害怕、绝望。母亲眼睛红红的，但没有哭，看着坚强的母亲，我好像重新有了勇气。

70 多年过去了，当时的一幕幕我仍记忆犹新。我时常怀念坚强的母亲，也想念母校知用中学的老师和同学，尤其是几位一起寄宿的女同学，她们的名字早就不记得了，但她们的样子仍依稀印在脑海中。此外，令我回味的还有学校饭堂的美味饭菜。尽管我在知用中学只待了短短的一个月，但这段时光在我的人生中仍留下了重重的一笔。

## （五）乡村停课时光

大良沦陷后，母亲整天忧心忡忡，担心日本鬼子会到曹家村，还好日军在大良驻了两个月便撤走了，我们过了个相对和平的春节，村民们露出了难得的笑容。

那年的春节，虽然物质贫乏，但村民们仍尽可能操办一下。母亲教我用红纸写挥春（春联），因为红纸太少，只写了两副，我家都不贴了，送给了邻居曹大叔和另一户人家。母亲与曹家村的村民相处得甚为融洽。

1939年春节后不久，日军攻占陈村，在勒流、容桂进行了灭绝人性的烧杀抢掠，大家的心又悬了起来。后来日军又进驻大良，好在曹家村离大良还有一段距离，日本鬼子的扫荡还无暇顾及这个边远的小村落。

战火连天，国难当头，母亲孤身携女逃到异乡，虽然出身于西关大户人家，但她很快就适应了乡下的生活，母亲柔弱的外表下有一颗刚毅的心。尽管当时生活十分艰辛，但母亲总是心平气和，她每日诚心念佛，操持家务，安于乡下的平淡生活。

母亲每日督促我温习功课，又教我背唐诗、练毛笔字。后来，有教书先生在祠堂旁边的一间小屋里教授村童四书五经、古诗词，母亲也让我去学。先生并不解释其意，但要求学生背熟，一起来学的有十来位少年，谁背不好，先生轻则罚站，重则打手板。我很用心，要背的诗书，都能背熟，先生常常向母亲夸奖我。

也许是古诗的诗情画意，让一向很“男仔头”（假小子）的我，在那段时间爱上了画古代仕女图，照着书上的美女，倒也画得像模像样。

我习惯了众冲的生活，每天上午去学古文，下午就去拔拔鱼草、清理鱼塘，看看有没有翻白肚的小鱼。后来母亲买了几只鸡，小母鸡养大后开始下蛋，我们就有蛋吃了。

顺德有“鱼米之乡”之称，除了养鱼，养蚕业也非常发达。春天时，村民们开始养蚕，下了课我也去帮忙，希望能学会养蚕，这样家里也可以增加点收入，减轻母亲的负担。

有一天我正忙得起劲，突然感到左大腿上有东西在爬，我即用手抓住裤子，大叫："疼啊！疼啊！"一位大婶跑过来，叫我脱下裤子，她用力抖了几下，一条小盐蛇（壁虎）掉了下来。母亲知道了这事，心疼了很久，再也不让我去学养蚕了。

曹大叔后来对我说，小盐蛇没什么好怕的，要小心毒蛇。

我每天都去鱼塘边拔鱼草，听村民们说，众冲有好多蛇，其中一种是俗称"饭铲头"的毒蛇。有村民告诉我对付蛇的方法，如走草地时要用绳捆紧裤脚，万一遇到蛇时，不要惊慌，吐些口水在自己双手上（至于为什么要吐口水，我想这是给自己壮胆吧），然后用力拍打缠着裤脚的蛇身，它就会爬走。必要时，抓住蛇头下七寸。打蛇打七寸，不论制服哪种蛇，一定要先压住蛇头，这样才能避免遭蛇反咬一口。

村里许多女孩子，看到蛇都吓得哇哇大叫，可我一点也不怕蛇，母亲从小就说我是西关小姐中的另类。

刚到众冲的那年夏天，村子边上的一条小河里有很多小孩子玩水，我也嚷着要去，妈妈让我扶着小木椅子自己练习。经过一个夏天，我学会了游泳，也和小孩子们交上了朋友。

有一天，我在游泳时发现一条小水蛇，一起游泳的小孩子们都吓得大叫，但我天生大胆，一点也不害怕，反而很是好奇。小水蛇并不会缠着我的手脚，而是伴着我游，就好像是我水中的朋友。

只是一年后我真正接触到蛇，竟是为了给病重的母亲治病救命。

## （六）慈母离世

我们所在的曹家村，虽然没有遭到日军的正面袭击，但总是能听到远方的枪炮声。曹大叔说，这可能是游击队在和日本鬼子驳火（交战）。曹大叔经常把听来的有关游击队的事情告诉我们。顺德抗日游击队成立于1939年2月，这支队伍就是后来的广东人民抗日游击队珠江纵队的一部分。

母亲听到这些消息很高兴，不止一次地跟我憧憬如果赶走了日本鬼子，我们就可以回到广州茂林横街的小楼，哥哥也会回广州，我可以继续上学，她会再帮我做一件豹纹旗袍……

然而母亲对时局依然忧心忡忡，她的身体似乎大不如前了，非常虚弱，看了医生，吃了不少中药也不见好。

1939年4月15日清晨，我跟往常一样去拔鱼草。突然听到一阵飞机轰鸣的声音，日本军机又来扔炸弹了，但从未如此地接近曹家村。我赶紧往家跑，远远地看见阿好姐站在家门口，着急地向我招手大喊："鸿妹快回家！"

我看见母亲不顾一切地冲出来找我，就在这时，一颗炸弹在我们家不远处炸响，受惊过度的母亲在爆炸声中昏倒了。曹大叔和曹大婶闻讯赶来，帮忙把母亲扶入房中，母亲脸色苍白地躺在床上。

曹大叔去请来了一位老中医，为母亲把了脉，开了药方。曹大叔帮忙按药方买了药，其中一味药，竟是一条蛇。

曹大叔说："这蛇是给你妈妈煮药用的。鸿女，你要学会杀蛇。"

按照曹大叔的指点，用左手抓住蛇头七寸，用脚踏住蛇尾，曹大叔又给我一块碎瓷片，用瓷片绕着蛇颈一转，再从切口处将蛇皮往下一拉，蛇皮就全部剥下了，再剖开蛇腹，取出内脏，留下蛇胆，用纱布包住蛇，放入药锅内，再煮10分钟，取出蛇包，把药倒入碗中。

我虽然不是很怕蛇，但第一次自己动手，还是很紧张。为了母亲，我当时好像被一股超乎寻常的勇气支撑着。

我喂母亲吃了药后，母亲便入睡了。深夜时，母亲睁开眼，伸出瘦弱的手，摸摸我的头，又不舍地抓住我的手，久久不放。

4月16日早上，母亲躺在床上，脸色惨白，两眼黯淡无光，四肢冰凉。曹大叔和曹大婶来看母亲，他们摸摸她的手脚，对我说："鸿女，抬妈妈睡到小客厅吧。"他们抬来一块床板，帮忙把母亲抬到小客厅。

我难过极了，蹲在母亲的木板床边，不停地呼唤着："妈妈，起床吧！"

突然，母亲眼中闪过一丝光彩，用手摸着我的脸颊，声音微弱地对我说："乖女，你去打开我们从广州带来的木箱，取出我过年穿的绣花旗袍和一双新袜子。"

我立即照母亲说的取来了衣物。大婶们又倒来一盆热水，让我为母亲擦身、洗脚，协助我为母亲换上旗袍和新袜。母亲无限温柔地看着我，用颤抖的手为我抹去眼泪。

缓了缓，母亲从手上脱下一只金戒指，交给曹大叔和曹大婶说："谢谢！多谢你们一年来的关照，请帮忙照看我家的鱼塘吧！"曹大叔接过戒指点点头，大婶们都低头抹泪。

母亲接着又从脖子上取下金项链，颤抖着给我戴上，气若游丝地说："鸿女，回广州找爸爸……哥哥在延安，有机会去找他……"过了一会儿又说："鸿女，好好读书，长大学医，治病救人……妈妈不能再陪你了，你要学会照顾自己……"

我跪在母亲床前，母亲用手摸着我的头，温情地看着我，我隔着泪眼，感觉母亲的眼神犹如温暖的阳光，只是光彩渐渐地黯淡下来，消失了……没多久，母亲慢慢松开了手，永远地闭上了眼睛。

我大声哭叫着“妈妈”，紧紧抱着她的头。我不愿相信母亲真的就这么离我远去了，周围的一切都变了颜色，我的天好像塌了！从此，我失去了最亲爱的母亲，失去了最疼爱我的人。

母亲穿着她最喜爱的那件绣花旗袍躺在那里，面容安详，手上仍拿着当年香港那位师太送给她的佛珠。

母亲常年念佛，对佛教徒来说，生老病死，是天地万物运转的常道。母亲面对死亡，既是那样无奈，却也是那样从容。

曹大婶用床单盖住了母亲的脸，我又冲上前扯开床单，不舍地看着她……

过了一会儿，四位叔叔抬棺进屋，曹大叔让我铺上床单，放个枕头，又给了我一叠白纸，让我放在枕头下。母亲要入殓了，四位叔叔把母亲抬进棺内，我大哭着不让他们盖上棺盖，曹大婶拉开我的手，把我搂在怀里……母亲的棺木被抬走了。

长大后，我时常思念母亲，特别是她临别时的情景，永世难忘！

小时候在广州见大户人家出殡时有很多规矩和仪式。可这时母亲身边没有其他亲人，只有我这个还不到12岁的女儿。曹大叔和那些好心的村民帮我操办了简单甚至简陋的葬礼。我后来想，母亲临终前送给曹大叔那只金戒指，就是意识到，自己的身后事，要请大叔代劳了。

母亲出殡，曹大叔让我走在母亲棺木前面，跟着送葬的村民来到众冲前山，山顶上已挖好一个坑。一位仵工大伯递给我一张纸、一支毛笔，我含泪写下“母亲陈丽宽之墓，子李绍曾、女李绍鸿敬立”几个字。曹大伯把纸交给仵工，请他们刻在墓碑上。

下葬之前，他们打开棺盖让我看母亲最后一眼。我向母亲叩了三个响头，不停地抹掉蒙住双眼的泪水，我要再看看亲爱的母亲……

回到曹家村，我站在母亲生前的床边不停地哭泣，整夜无法入睡。母亲一走，以后谁来养我？谁来供我上学？一夜之间，我成了一只小孤雁。我不只一次对自己说，这是一个噩梦，梦一醒，母亲就会笑盈盈地站在我面前。

母亲下葬后第二天，曹大叔对我说：“鸿女，我送你回广州找爸爸吧，众冲没有你的亲人照顾你。你要坚强地生活下去……如果你哥哥回来了，带他来给你妈妈扫扫墓。”

我听了曹大叔的话很难过，我不舍得离开母亲住过的屋子、睡过的床、用过的东西……但我也明白曹大叔这番话的含义，我应该回广州找出路，在众冲对我的成长不利。

我很感谢曹大叔一家帮忙料理了母亲的后事，也感激他们一直以来对我们的照顾。我对曹大叔说：“我家里的东西和鱼塘都交给你处理吧，我以后有机会再来看大叔、大婶。”

我和阿好姐带着随身衣物登上了曹大叔的小舢板，我站在船头，眼泪汪汪地跟岸边的乡亲们告别。曹大婶说：“鸿女，好好保管妈妈给你的项链，那是妈妈留给你的遗物啊！”我含泪点了点头，依依不舍地对众乡亲说：“我一定会再来看望你们的。”

小船载着我离开了这个让我难忘，也让我心碎的小村。再见了，我亲爱的母亲！再见了，我的童年！

# 三、灰暗的日子

## （一）投靠干姐

曹大叔用长竹竿撑着小船，没多久就到了广州沙面附近，那时沙面是外国领事馆区，又是洋人的聚居地。

沙面

大叔避开日伪军的岗哨，在江边停泊下来。想到要与大叔分别，再加上丧母之痛，我鼻子不禁一酸。曹大叔小声说："鸿女小心，上岸向左边马路跑，对面就是沙基了。"我含泪跟大叔话别："多谢你的照顾，大叔，再见了！"

我和阿好姐上了岸，目送大叔离开。

我很久没有见到父亲了，也没有地址，仅凭着对祖屋的记忆，终于找到了父亲。

天真的我，以为找到了父亲就找到了依靠。

父亲在得知母亲去世的消息后，沉默了一会。他对阿好姐说："太太不在了，现在时局不稳，我们不雇人了，你回去找你母亲吧。"然后父亲结清了阿好姐的工钱。

自干姐那年秋天离开后，阿好姐就来到我家了，阿好姐只比我大四五岁，我和她共同生活了一年多，早已主仆不分。她陪我们在众冲乡间避难，尤其是伴我走过丧母之初的昏天黑地，我对阿好姐的离去万分不舍。

但让我万万想不到的是，接下来父亲竟说，一家酒楼在请人，你去做工吧！即使在多年后，想起这一刻，我都一直在心里问自己，为什么父亲会对母亲那般薄情，又对我如此无情？

当夜，我睡在那既熟悉又陌生的小客厅里。半夜突然下起了雨，淅沥的雨点打在玻璃上，勾起了我对母亲的思念，想到父亲的绝情，我的心里也下起了雨。

第二天一早，我离开那个没有我一席之地的家。以前到外公家，都是母亲带着我去，我不太记得去的路。于是我决定去找干姐，我依稀记得干姐的杂货店就在沙基的一条小巷子里。

当时广州街上日军岗亭林立，特别是重要交通路口日军都设有岗哨，我尽量避开岗亭。过去曾经繁华热闹的街道，变得冷冷清清，我不停地向南走，一直走到沙基。

中午的太阳热辣辣的，但我的心里却越来越冷。我又累又渴又饿，口袋里面只有从母亲的小箱子中找出来的几毛钱。我在小巷里转了好几遍，干姐在哪儿呢？找不到干姐我该怎么办？实在是太累了，我无力地坐在一个废弃的木箱上。

"鸿女！"突然，一个熟悉的声音传入耳中，一抬头，干姐正站在对面的小店铺门口！我的泪水一下子涌了出来，大喊一声"干姐！"就扑了过去，原来这就是干姐的铺子。

干姐见到我，又惊又喜。当得知一向疼爱她的干妈去世，干姐和干姐夫都哭了。过了一会儿，干姐夫说："你就住在这里吧。不要去你父亲那里了，更不能去酒楼打工。你学珠算，帮我看铺，学着做小生意。”

我听了心里暖呼呼的，干姐一家在我无处安身之际收留了我，我心中充满感激之情。

## （二）小账房先生

我睡在小铺的阁楼上，虽然很小，我已感到很满足。

干姐不让我做家务，跟着干姐夫学做生意。每天晚饭后，关好铺面，洗了澡，我就开始练习珠算。干姐夫让我用左手打算盘，他说这样方便右手记账。我对珠算很有兴趣，几天就学得像模像样。

过了差不多两个星期，干姐夫叫我开始学记账，每晚收铺后就整理一天的账目，结算好钱，再交给干姐保管，干姐直夸我这个“小账房先生”聪明。我打算盘的这门“手艺”一直用到今天，女儿以前出差核算差旅费，还让我这个“账房先生”帮她核对。

除了学打算盘记账，干姐夫还教我如何招呼顾客买东西，以及如何处理物品。

他常说：要记住，人勤手勤，才能学到一技之长，自食其力。

干姐夫妇小心翼翼地经营着小铺，虽然那时百业萧条，但百姓生活中仍少不了柴米油盐，小铺货真价实、童叟无欺，不仅街坊常来光顾，客户中还有些洋人。

干姐夫经常到沙面租界送货，有时我也会跟着去。进出沙面都要经过岗哨，日伪军要检查带进沙面的货物有无隐藏武器。因为是送货给洋人，日伪军很少找麻烦，每次都很顺利，时间长了，那一带的不少伪军都认识干姐夫。只是当时没想到，五年后，我参加抗日游击队后带参谋长来广州治伤时，干姐夫和伪军的这一层“关系”还帮上了大忙。

我在干姐夫的小店铺里学会了很多东西，在这里，我有了家的感觉，暂时淡化了失去母亲的痛苦。

大半年后的一天，我正准备随干姐夫去送货，突然一位个子高高的年轻人进了小铺，他看了我一眼问：“你是不是鸿女？”他怎么知道我的名字？我疑惑地点点头。

他又转头跟干姐夫说：“谭宝星队长派我来接李绍鸿去台山读中学，明天就走。”

谭宝星是我的六姨丈，可是姨丈怎么知道我在这里？我对那位陌生人说的话半信半疑，但我又不敢问他。

我在外面看着铺子，干姐夫妇和那陌生人进到里面谈了很久，他们看来被说通了，最终同意我去六姨家。可是我不愿意，台山城我没有去过，万一这人是“拐子佬”（人贩子）怎么办？小时候被拐走的阴影又浮现出来。

六姨可能是从外公那边的亲戚那儿得知我的下落，干姐说，她问了那年轻人有关六姨和姨丈的很多问题，那人说得一点也没错，怎么看他也不像个骗子。

干姐说：“鸿女去吧，去台山读中学，日本兵还没有到那里。”我无奈地接受了这个决定，我不想离开干姐，心里难受极了。虽然噙着泪水，但是我没有哭出来。

干姐含泪为我收拾行装。为了感谢干姐对我的爱护，我决定将母亲临终前给我的金项链留给干姐，但干姐不肯收，后来干姐夫说：“收下吧，她还是个孩子，容易弄丢，等长大后再给她。”

第二天，那年轻人来接我了，干姐和干姐夫送我去码头。

干姐反复叮咛我说："鸿女，你要知寒知暖，努力读书，将来回来看干姐啊！"我再也忍不住了，泪如泉涌。

回忆往事，70 年前的那一幕，犹如昨天。

## （三）六姨丈接我到台山

泪别干姐和干姐夫，随着六姨丈派来的年轻人去乘船。六姨丈是驻守台山的国民党军官，那个年轻人是他手下的兵，他带着我整整坐了两天两夜的船才到台山。

六姨的家在城郊，我一见到她就哭了。六姨和母亲感情很要好，两人又长得很像，六姨也拥着我垂泪良久……母亲去世及我被父亲拒之门外的消息辗转传到六姨耳中，她感叹我失去慈母，身世可怜，跟六姨丈商量后，决定把我接到台山。

六姨丈名叫谭宝星，走起路来腰板挺得直直的，乍一看很威严。开始我对他敬而远之，见面次数多了就发现姨丈并没有想象中那么可怕。每次他从军营回家，总是关切地询问我温习功课的情况，让我好好温习，开学后去考城内的女子中学。

六姨的四个孩子都长高了许多，我和老大美珍年纪相差不大，两人最要好，常常一起温习功课；老二彦燊是男孩，很是调皮；老三美莲乖巧温顺；老四美嫦那时仍在牙牙学语。

台山素有"中国第一侨乡"之称，具有侨乡特色的碉楼等古建筑遍布各地，侨乡独特的风光让我感到新奇。六姨热闹的家，让我重新感到家庭的温暖，我安心地住了下来，拿出以前的书本温习，一心想着再去学校上学。

只是那时在台城，有许多从全国各沦陷区迁来的难民，满城弥漫着惶惶不可终日的气氛，不知日军何时侵入。

渐渐地我对军营里的事越来越感兴趣，问六姨丈："有没有女孩子当兵？”

“有啊！”

“多少岁才能当？”

“你干吗问这个？”

我告诉姨丈，日本飞机在广州扔炸弹，炸死了很多人。我母亲也是因为久病再加上突然受了日本飞机扔炸弹的惊吓才离世的，我恨死日本人了。

姨丈摸着我的头说：“你还小，还是先上学多读点书，长大一点再想当兵的事吧。”

我又跟姨丈讲，哥哥去了陕北延安。姨丈说，那里是中国北方的一个小城，是共产党的根据地，如果我长大想加入军队，就要加入共产党的军队。

那一天，姨丈又跟我讲了很多有关共产党的事，我第一次有了共产党这个概念。

后来，当我加入中山抗日义勇大队，上了代号为“纽约桥”的训练班之后，发现很多内容六姨丈都曾提及，我就想，姨丈很可能就是共产党员，要不他这个国民党军官怎么会让我加入共产党的军队呢？

我把这个想法告诉支队长，他也说很有可能，那时有不少共产党员被秘密地派入了国民党的军队。

## （四）台山沦陷　六姨丈阵亡

1941 年农历三月初三，公历 3 月 30 日，3 艘日本军舰驶到江门广海镇附近的海面，22 艘汽艇，载敌兵 700 余人，分两路出击：一路袭击广海；一路沿三夹海口溯河而上，直取斗山。国民党驻军抵挡不住，全线溃退，两镇很快便落入日军手中。

第二天，日军又向台山、开平发起攻击。占据台城的第二天，日军即四处掠夺粮食、钨矿、钢材等物资，又强迫抓来的民众将物资肩挑车运地运走。进入台城的日寇和汉奸，见到无人留守的商店，便撬开铁闸掠夺财物；见到有人留守的商户，就敲诈勒索钱财；见到妇女，不论老幼都强奸。

日军攻入台城的消息传到我们耳中，我想去城里探探虚实，六姨开始不允许，在我的坚持下，最终还是同意了，叫我快去快回。

那天我悄悄进了台城，街上气氛大不相同，我小心地避开日军，向女子中学方向走去。

突然听到凄厉的叫声："救命啊！打倒日本人!"我吓得站着不敢动，看到一个女生一丝不挂，手脚满是鲜血，她不停地呼救。这时突然走来一群日本兵，"砰"的一声枪响，女生中弹倒地。

后来听女中的校卫说，前一晚有几十个日本兵冲进学校，来不及离校的女生几乎都被强奸。还有一位女生被拘禁遭日夜轮奸，导致精神失常。

我赶紧往回家的方向走，经过一家小铺时，看见门口有一位抱着婴儿哺乳的年轻女性。过了一会，突然有人大喊："日本仔来啦!"街上的人马上四散，我跑到一家小杂货店，老板娘快速将我扯进去，关上门。我吓得大气不敢出，从门缝往外看。

远远看见几个日本兵，冲到我刚才经过的那家小铺门口，其中一个日军抢走那个正在吃奶的婴儿抛上天空，另一个日军高举着刺刀，婴儿坠下时，刺刀正中婴儿的腹部，婴儿大哭，鲜血四溅。那位年轻的母亲哭喊着去抢自己的孩子，一个日本兵当即向她开了一枪。

真是惨不忍睹！这一天，我亲眼看见三个同胞被日军残杀，联想到死去的母亲，国仇家恨一时间都涌上心头。我暗暗发誓，我长大后一定不放过这些日本鬼子！

看到日本兵走远了，我抄小路飞快地跑回家。刚冲进家门，我被眼前的情景惊呆了——六姨哭昏在床上，表弟表妹也哭成了一团。原来我走后不久，六姨丈的部下带着他的一双鞋来报信——城破之时，六姨丈也阵亡了。

看着六姨丈殉难时穿的鞋，我难过得说不出话来。我后来得知，在日军进攻台山时，六姨丈率兵顽强抵抗，为国捐躯。

我后来得知，在日军进攻台山时，六姨丈率兵顽强抵抗，为国捐躯。

我无声地坐在地上。这可恶的世道！这可恶的日本鬼子！

2007年底，我与美珍、彦燊在香港相会

台山沦陷后，这里已不是久留之地。早前六姨听说我父亲去了澳门，那里又暂时没有受战火波及，于是就让我再去找父亲。

六姨后来带着孩子们逃到香港，孤儿寡母地度过了一段艰辛的战时生活。多年后，美珍和彦燊先后移民到澳大利亚和加拿大。我和四个表弟表妹在数十年后重逢，谈起当年的那段往事，大家都不胜欷歔。

## （五）张世伯收留

我忍痛告别台山的六姨和四位表弟表妹，跟着六姨的朋友，辗转几天来到中山，经过关闸，再次来到澳门。三年前我和母亲曾到澳门避难，如今重踏故地，身边已没有了疼爱我的母亲。

经人指点，我找到不久前到澳门的父亲，他那个小妾充满敌意地盯着我，我也瞪着眼回应她。父亲对我说："鸿女，你住在这里不太方便……张世伯好像要找人帮忙打理家务，你去看看吧！"并顺手给了我张世伯的地址。

父亲再一次让我感到失望，我不能再奢望父亲会给我庇护了，于是我头也不回地走了。我虽然仍有父亲，却如同孤儿一般。

张兴孝世伯是父亲的老朋友，他和太太刚从英国回到澳门，在培正中学教外语。得知我的遭遇后，张世伯对我母亲如此年轻就离开人世感到难过惋惜，对我从一个无忧无虑的娇娇女沦落成为一个无人管的小孤女极为同情。

张世伯一家收留了我。后来他听说镜湖医院护士学校准备招生，就建议我努力补习初中课程，争取投考护士学校，学个一技之长，毕业后可做护士。

虽说护生们的工作、学习很辛苦，但毕业考试及格，可获得护士专业资格，收入相当不错，比起大多数的贫困百姓，尤其是对女性来说，护士工作已是衣食无忧的美差了。

我很感激张世伯的收留，一边温习功课，一边协助张太太打理家务，帮她买菜、洗衣、清洁房间。张太太是英国华侨，不太会说广东话，她教我说英文，还教我做西餐。几个月下来，我已可以半中半英地跟张太太沟通了。

由于战乱，这几年我都没有好好上过学，张世伯就一门一门地帮我补习初中的课程，我珍惜这得来不易的学习机会，学得很用心，世伯对我的学习态度极为满意，还专门给我出了考卷。

张世伯笑着说："鸿女，下月去报考镜湖护校填表时，记住写上学历——培正中学校外生，经考核初中毕业。"

考试那天，张世伯和太太送我去镜湖医院护士学校应考，按照张世伯的嘱咐，我填好了各种表格。

而为了跟冷漠的父亲划清界限，我决定放弃他给我起的名字"绍鸿"，从这一刻起改名为"铁民"。我暗想：我要有钢铁般的意志，努力学习，长大学成去抗日前线救死扶伤，为我死去的母亲、我的六姨丈、台城那三位无辜平民以及千千万万的死难同胞报仇雪恨。

接到考卷时，我没有特别紧张，总觉得自己和这个学校会有缘分。三天后我到学校看榜，我被录取了！我高兴得跳了起来。学校通知一周内带 60 块大洋的入学担保金及衣物用品入学报到。

我既喜又忧，喜的是我终于考上了；忧的是，60 块大洋对我来说不是个小数目，我已给张世伯添了不少麻烦，怎么好又让他破费呢！我对张世伯说："世伯对我的收留之恩永世难忘，那60块大洋的担保金，我将来一定会还的。”

张世伯笑着说：“鸿女，你不用担心，入学担保金王德光医生已替你交了。”原来王医生是张世伯的朋友，他们在聚会时讲起了我的遭遇，王医生说他的薪水比张世伯多一点，入学担保金由他来负责。

几天后张世伯夫妇送我到学校报到。世伯说：“鸿女，你要用心学习，学好一技之长，既可以帮助人，又可以自食其力。我们走了，你进去吧！”

我站在学校门口目送张世伯和张太太离开，心里很难过，泪水在眼眶里打转，我强忍着不让自己哭出来。我心想：张世伯比我的亲生父亲还关心我的前途！终于，我忍不住大声说：“张世伯，我一定努力学习！将来报答世伯的大恩！”

张世伯和张太太转身向我挥了挥手，泪水再次模糊了我的双眼。

经过一段紧张而新鲜的学护生活，终于盼来了假期。我兴冲冲地去探望张世伯，可是邻居却告诉我说，张先生一家去内地教书去了。从此我再也没见过他们。数十年来，每每想起张世伯在我几乎走投无路时收留了我，感激之情，真是难以用言语表达。

# 四、镜湖白衣天使

## （一）镜湖母校

从 1941 年 7 月我成为镜湖医院护士学校第十一届学生，到 1944 年 8 月毕业到中山五桂山区参军成为一名抗日战士，再到 20 世纪 80 年代末回母校当客座教授向后辈师妹传授专业知识，我与镜湖可以说结了一世缘。

镜湖医院是一所慈善医院

镜湖医院护士学校创办于 1923 年秋，护校的设立得从镜湖医院说起。根据校史资料，镜湖医院创办于清同治十年（1871 年），是由澳门的坊众侨团、名流商贾集资建立的，是澳门华人自己创办的规模最大的慈善机构。1892 年，孙中山先生曾任该院的义务西医，这所医院从此中西医兼备。

1919 年，留医所建成后，留医病人逐渐增多，护理工作繁重，于是有了创建护校的提议。护校于 1923 年创办时，名为“镜湖高级护士学校”，学校开始时的规模很小，最初的 18 年才办了 8 届，毕业生合计只有 48 人。

1935 年秋，广州名医柯麟举家迁至澳门，开办诊所，挂牌行医。他医术高明，医德高尚，对穷苦病人收取低廉费用，特别困难的病人则给予免费医疗，深受澳门居民的赞赏。

柯麟1926年就秘密加入了中国共产党，长期从事党的地下工作，后来他接受八路军驻香港办事处主任廖承志的建议，设法进入镜湖医院，帮助改善医疗条件，为穷苦病人服务，并掩护共产党的地下工作。柯麟根据医院的需要，先义务为护士讲课，帮助他们提高业务水平；后又当义务医生，每天上午到医院义务诊病，下午才回到自己的诊所开诊，收取低廉的费用，以维持家庭生活。

早期的镜湖护士学校

1937年，七七事变后，日军开始大规模侵略中国，各大城市，包括香港，相继沦陷，各地人士大量逃难到澳门，其中有不少是医护界的精英。由于难民及病人日渐增多，医院医务因而发展起来，也急需大量护理人才。

1938年10月21日，广州沦陷，一批名医如黎铎、王德光、莫培樾、吴鸣等从广州避难到澳门，他们都是柯麟当年在广东公医大学的老师和同学，因而得到了柯麟的热情接待，协助他们安排好生活和工作。

1941年，在征得镜湖医院慈善会的同意后，柯麟联络十多位名医组成“镜湖医院西医顾问团”并成立中华医学会澳门分会，为改革和发展镜湖医院准备了雄厚的人才力量。

在我入读镜湖护校的1944年，校长由西医顾问团成员、镜湖慈善会值理黄耀坚医生担任。在护理教育方面，得到林柳坚护士长等人的大力兴革，为护理专业奠定了良好的基础。

1945年秋，柯麟医生继任校长，为适应国内医疗制度，课程依照中华护士会编定，并将校名改为“澳门私立镜湖高级护士职业学校”，当时的校董会成员中有不少曾留学德、日、美的博士及专家，对学生的训练管理也日趋严谨。

在抗日战争及解放战争期间，澳门同胞和祖国人民同呼吸共命运，护校不少毕业生回内地参加了医疗救护工作，我也是其中一分子。

多年后，与周金陵校长（左四）、曾还同学（右二）摄于升格后的母校

镜湖母校创校80多年来，经历了一条从无到有、从小到大、从简陋到逐步完善的艰苦奋斗历程，培养了数以千计的医

护人员，许多同学都在医护领域取得了相当大的成就，有些还成为了知名专家。

1999年11月16日，母校升格为澳门镜湖护理学院，开始了新篇章。

## （二）学护生活

镜湖医院护士学校第十一届分了两次招生，第一次收了13名学生，其中11名女生，2名男生；第二次收了5名女生。两批加起来一共有18人，后来有2人退了学，所以最后只有16人毕业。

在我们之前的第十届护生有12位，除一位男生外，其余学姐按年龄大小从一姑排到十一姑，以便病人呼叫。十一届的第一批女同学也跟着从十二姑排到二十二姑，老同学吴惠贤是十八姑，曾还是十九姑……

2008年春节与“十八姑”吴惠贤茶聚

而我们后一批来的5位女生没有跟着排下去，因为怕打乱之前的排名。这样一来，“李铁民”就成了这三年多我的名字。

护校设在镜湖医院留医所内，学护、护士长都住在二楼产房那一边的房子里，除了上课，学护们的工作、生活全部在医院大楼内。

我们护校学生是半工半读性质，一边学习，一边在医院担任护理工作。入学头三个月，先上护理课，由林柳坚护士长任课，三个月后就开始单独担任护理工作。

在接下来的学习中，我们既要学习护理各类型的病患、注射、发药等基本功，又要学习人体解剖学、生理学、药物治疗学等课程，还学会了接生及护理产妇和新生儿。

镜湖医院护士学校的同学们，第二排左一是我，第二排右一是曾还，前排左二是吴惠贤

我们除了上课，白天工作时间为8~9个小时不等，早上7点起接班至黄昏7点交接夜班，一天12小时内就要安排上

班、上课、用餐三项大事，病人太多时就会把上课的时间挤掉。

值夜班从黄昏7点接班，直至第二天早晨7点才交班，在这12小时中，要执行医嘱、监察垂危病患、迎接新生命及处理各类急诊……通常连续值一个月的夜班才换班，对我们这些十四五岁到二十来岁的小姑娘来说，工作繁重还是其次，最主要是难敌夜间的“瞌睡虫”，按曾还同学的话说，几乎坐着、站着，甚至走着也可以睡着。

20世纪40年代的澳门，有钱人家多数到山顶医院和白马行医院就医，而绝大部分的平民百姓要治病就到镜湖这所慈善医院来。

当时的镜湖医院有400多张病床，已颇具规模，但只有4位护士长和二三十位学护，担当起数百张病床的护理工作，可以想象工作是多么繁重。

那时，镜湖医院的病房分为特等至三等病房。特等、头等病房都是单人房，其中，特等病房还设有独立卫生间，二等病房住八人，另有妇产科病房，这些都按不同等级收费，都设在医院大楼的二楼。免费的病房，包括儿科和精神科病房，设在医院大楼以外。

给我印象至深的是具有收容性质的三等病房。

1937年七七事变后，日本大肆侵略中国，各大城市，包括香港，相继沦陷，很多人逃难到澳门。尤其是1941年底香港沦陷之后，香港有大批人到澳门躲避战祸，澳门一时间出现了一批批贫病交迫、冻饿病死的难民，葡萄牙当局收尸的大黑车日夜不停地运作，把死在大街小巷的尸体运到医院殓房……

更多的是患病的难民，三等病房加了病床也不够收容病人，后来病人多得连床位都没有，只好睡在地面上。

接下来就是各种疫病的流行，霍乱、天花、伤寒、痢疾……这些疫症让老百姓受尽磨难。在没有硝烟的澳门，我们这些学护还是切身感受到了战争的残酷，我对日寇的新仇旧恨一起涌上心头。

我们学护在老师的带领下，除了全力在医院抗疫，还上街设点给百姓注射疫苗，经过多方努力，疫症终于得以控制，这一切也加深了我作为医护人员的责任感。

## （三）西医顾问团和王德光医生

镜湖护校设立之初，学校的师资很薄弱。

1938 年 10 月广州沦陷后，一批名医避难到澳门，后来他们成为镜湖医院西医顾问团的成员。1941 年末，日军入侵香港，香港的许多医生也来到澳门，成为镜湖医院西医顾问团新的生力军。

当时的澳门葡萄牙当局歧视华人，立下了中国医生不能为病人实施手术的不合理条例，外科手术只能由外籍医生施行，华人医生感到受辱。柯麟医生组织的这个西医顾问团联同镜湖医院慈善会的值理等组织，与澳葡当局力争，终于在 1944 年 9 月争得了华人医生的外科手术权。

西医顾问团在镜湖义诊，使医院的医疗水平有明显的提高。与此同时，西医顾问团的医生也在护校任教，提高了护校的教学质量。我们那一批的学护很幸运，不少课程都是由西医顾问团的医生讲授。

当年在澳门的广州名医王德光，既是我的良师，也是我的恩人，他对我的恩情，我永世铭记。

王德光医生以前在广州光孝路一带开办医院，他是一位仁医，也是一位爱国者，曾带领救护队前往上海协助抗日。广州沦陷后，王德光医生避难到澳门行医。

我考入镜湖护校之初，王德光医生从他的老友、收留我的张兴孝世伯口中得知了我的身世，先是为我垫付了60块大洋的入学担保金，其后又在学习和生活上给了我无限关怀。

每逢星期日，如果我没有值班，王德光医生就叫我到他家吃饭。由于大家都来自广州，我们常常闲话当年广州西关的繁华，以及日军狂轰滥炸后广州市民的凄惨，也说起了我的父母。

王医生一家对我和母亲的遭遇深感同情，鼓励我好好学习、自立自强。他们待我亲如家人，知道我们学护没有什么收入，每次我离开他们家时，王太太和她女儿都会赠我一些生活用品，我很是感激。

从护校毕业后我去了中山抗日从军，前往王家告别时，王医生对我的选择极为赞赏，我对他们一家的关照也再三表示感谢，说将来一定会再回来看王医生和王太太。只是后来我南征北战、出国留学，与王医生失去了联系。

1989年，我应镜湖护校之邀回母校教学，多方打听王医生一家人的下落，始终未能如愿。

有人说，上天对人还是公平的，为你关上一扇门的同时，也会为你打开一扇窗。我刚到澳门时被父亲拒之门外，无依无靠的我得到好心的张世伯收留；考上镜湖护校却无钱交学费，仁爱的王德光医生不仅为我支付了担保金，还让我这个小孤女感受到了一丝家庭的温暖。

### （四）林柳坚护士长

当年镜湖医院护士学校的校长由西医顾问团成员、镜湖慈善会值理黄耀坚医生担任；在护理教育方面，特地聘请了广州教会医院——柔济医院（今广州市第二人民医院）负责护校工作的优秀护理师林柳坚，主持镜湖护校的日常工作。

我们刚入学时的护理课几乎全由林护士长讲授，她不仅教给我们各种护理专业知识，更重要的是她向我们传授了“天使”南丁格尔的敬业精神及救死扶伤的精神。

开学第一天我就认识了林柳坚护士长，她知道我来自广州，还说柔济医院离我家不远，对我格外关照。接下来的三年多，在学习上，她是一位严师；生活上，就如同一位慈母。

我考入镜湖护校后，父亲送给我一床毛毯，这总算让我对父亲的怨气消了一点。但没多久，父亲的那个小妾就来学校大吵大闹，为的是要回父亲给我的毛毯。林老师得知后赶来看我，安慰我不要放在心上，又鼓励我努力学习，将来自食其力。

天气转冷，我只有一床被单难敌寒气，只好将所有衣物加在上面。有一天傍晚，林老师走进学生宿舍，手里拿着一床崭新的毛毯，轻轻地说：“李铁民，给你！”我捧着毛毯，久久说不出话来。我盖上毛毯，贴身贴心，十分温暖。

这床毛毯伴随了我多年。护校毕业后，1944 年护校毕业后，我到中山五桂山参加抗日游击队时，还带着这床温暖的毛毯。

还记得有一个星期天我不用值班，学校有位男同学带我去爬山，回校后被林老师看到了。她严肃地对我说：“你还小，以后不要随便与男同学外出！”我知道林老师是为我好，她说的我都听从。

以后的休息日，除了王德光医生让我去他家吃饭之外，我都会留在课室练琴或是温习功课。林老师在课室看到我，很满意地说：“很好！以后就这样安排假日！”

毕业后，我和曾还、任艳华到五桂山参加抗日游击队。在与学校老师告别时，我悄悄地告诉了林老师我的去向。

我再次见到林老师是半年之后。我陪同珠江纵队二支队参谋长冯剑青到广州治疗枪伤，在西关柔济医院巧遇林老师。两天后出现险情，在林老师的关照下，我们安全脱险，老师的救命之恩永世铭记。

1999 年在香港看望林柳坚老师

1999 年春节，我去香港女儿家小住，女儿陪我去林老师的住所看望她。数十年不见，当年精力旺盛的老师如今已年迈体弱，但记忆力还不错，她给我们看照片，又闲话早年镜湖生活学习的片段。

那天是周日，照顾林老师的菲佣放假，我们先请老师去茶楼喝茶吃饭，然后陪她去药房买了药油，又买了双舒适的鞋子送给她。老师再三道谢，可与林老师当年对我的涌泉之恩相比，我这一丁点儿回报连滴水也称不上啊！

回到家，林老师吩咐我女儿帮她煮一锅粥，这样晚上她就不用煮了，她说菲佣要晚饭后才会回来。看着虚弱的老师，我很是心疼。

后来林老师住进了香港九龙湾一家护老院。2003 年 5 月，我的小外孙教诚出生时我去香港，当时正是香港“非典”流行期间，护老院不准探视。一个月后，疫情好转，香港旅游警告取消，我得以再次探望老师。

林老师所住的那家护老院条件很好，一人一间卧室，很舒适。我们谈了过去在澳门的往事，年逾九十的老师依然记得。离别时，我留下 1 000 元港币给老师买点心，她将钱放进床头柜，又笑着说：“别人的钱我不一定收，你李铁民的心意我一定会收下！”

之后两年我未去香港，对林老师很是想念。2005 年 9 月的一天，老同学“十八姑”吴惠贤通过我女儿转告我：“林护士长病逝了！”我的心异常沉痛，老师的音容笑貌时时浮现在眼前。我随即联络广州的老同学，并委托“十八姑”代我们向老师作最后的告别。

林柳坚老师是一位优秀的护理师，也是一位虔诚的基督教徒，她一生与人为善，培育了众多的学护，护理了无数的病患，她是一位永远的“白衣天使”！

## （五）曾还同学

在镜湖医院护士学校，我认识了曾还同学。

从1941年在镜湖一起上学，到1944年毕业后同时到中山参加抗日游击队（之后虽南北分隔两人仍保持联系），再到20世纪70年代末我调到暨南大学工作，曾还是我相识最久的一位挚友，60多年的情谊，非笔墨能形容。

我的个性一向很倔强，有时也会得理不饶人，难得的是曾还从不跟我计较。

我比曾还同学进护校晚，这位“十九姑”和我一见如故，热情地介绍学校的各项设施。开始时我不太爱讲话，曾还若发现有什么人欺负或是冒犯我，她立即打抱不平，为我出头。时间一久，同学们戏称我为“民哥”，称她为“民嫂”，两人的友谊与日俱增。

2007年11月与曾还重游澳门

曾还同学很喜欢看书，她姐姐的一位同学在协和女中任图书馆管理员，一放假她就钻进图书馆借几本书回校看，看完就转给我看。有一次她刚好借到《西行漫记》、《红色的延安》这两本书，看了之后照例转给我看，我们看了都感到前所未有的兴奋，知道了许多以前不知道的事情，找到了很多想不通的问题的答案，明白了国家兴亡、匹夫有责的道理。

我悄悄地告诉曾还，我的哥哥在七七事变之后就已去了延安，这样一来我们便成了志同道合的好朋友，互相分享各自的想法。

这些书，也成为我们毕业后去五桂山抗日游击队的一个引子。柯麟医生知道我们追求进步、想去抗日，就将我们推荐给了中山抗日义勇大队驻澳门的联络员。

1968 年在广州探亲时与曾还叙旧

一天晚上，曾还同学在三等病房值夜班，忙里偷闲地打开《西行漫记》看，被巡房的柯麟医生偶然发现。柯医生站在她身后，她一直没觉察到。过了好一会柯医生开口问："看什么书?"曾还同学惊慌失措，说不出话来，柯医生翻看了书名后，对她微笑着点点头，轻声说："年少忧国，中国有望啊！看完后告诉我你的理解。"柯医生欣赏的语气让她定下心来。

几天后，曾还第一次在柯麟医生的办公室与他谈读书心得时说，目前学习是浪费时间，她想立即参加战地服务团。柯医生严厉批评说："你才学了半年的护理知识，就能上战场救治伤员了吗？知识不够、手无缚鸡之力，到部队是个负累，你太天真了，要老老实实地学好医务，学好本领，才能上战场。”

我们那时并不知道柯麟医生是中共地下党员，但他使我们明白了学好本领才能抗日救国的道理。

镜湖医院护士学校第十一届毕业生。前排左二是我，前排中是曾还

1944 年 8 月 13 日毕业典礼那天，同学们都高高兴兴地穿上新的白衣和白鞋准备拍照。我没有钱买新衣，看到同学们兴高采烈的样子，我心里很不是滋味。忽然，有人拉了拉我的衣角，我回头一看，是曾还同学，她笑盈盈的，手里拿着一套崭新的白衣。

我心头一热，感谢的话还没来得及说，曾还就催促我赶紧更衣。后来曾还告诉我，毕业前学校退回了入学时交付担保金的 60 块大洋，她用那钱订制了毕业白礼服。她知道我的窘境，也悄悄为我准备了一套。我高兴地穿上新衣和同学们簇拥在花篮旁合影留念，这张相片是我三年镜湖生活的印记之一，也是我和曾还数十年友谊的见证，每当看到它，都会让我回忆起我们在镜湖的青春时光，难忘的同窗手足之情。

# 五、抗战游击岁月

## （一）前往五桂山

毕业典礼结束后，同学们陆续离开了学校，我住进了镜湖医院附近的青草街34号二楼，这是黄端璞同学的祖屋。这段时间我们仍在医院服务，但我与曾还早就打定主意——从军抗日，在这里停留只是等待时机。

过了一段日子，镜湖护校一个同学的哥哥到青草街来找我，他问："你是不是想去五桂山打日本仔？"

"是啊！"

"那你就回去收拾东西，准备和我们走吧！"

他又问我还有没有同学可以推荐，我说，可以问问曾还同学。

我马上就去找曾还，其实她早就知道要去五桂山的事，她笑眯眯地解释说："他是游击队的人，他要亲自问问你是不是真心想去五桂山。"

原来，当时五桂山游击队迫切需要医护人员，中山人民抗日义勇大队在澳门设立了办事处，联络员郑秀接受了动员和组织医护人员到部队的任务后，她让柯麟医生介绍了一批护士，经过严格审查和挑选，最后选定了曾还、任艳华和我。

我回到青草街，收拾好行装，再到曾还同学的住处跟她会合，她早已为我准备好了两件澳门人常穿的布旗袍和鞋子等衣物，她为我想得真周到。一直到今天，我还非常感谢曾还同学的情谊。

第二天早上，我们三位同学分头出发。过关时一切顺利，葡兵并没有查问什么。一出关口，就看到交通员已租了几辆单车在等着我们，我们坐在单车后座从小路向中山三乡进发，骑了很久后才在三乡的一所平房边停了下来，这里是游击队的一个交通站。

后来我们换上了当地农民穿的粗布衣服，然后在一位交通员的带领下走了几个小时，终于在傍晚到了五桂山游击队的根据地。

## （二）我有了新名字

1938 年 10 月，广州及南海、番禺、顺德等县相继被日军侵占。中共广东省委随即指示组织抗日武装，开展游击战争，先后成立了顺德抗日游击队、广游二支队等抗日队伍。

1943 年 2 月，中共广东省委成立南番中顺游击区指挥部，统一领导这一带的抗日武装，并以中山五桂山为根据地向平原发展，先后成立了中山人民抗日义勇大队、逸仙大队、南三大队、广游二支队禺南大队和顺德大队等。

1944 年 10 月 1 日，中共宣布撤销南番中顺游击区指挥部，成立广东人民抗日游击队中区纵队，司令员是林锵云（林叔），下辖第一支队、第二支队及 9 个大队。

印象中，我们从澳门到五桂山的那天恰好是中秋节，中山人民抗日义勇大队刚整编为中区纵队第一支队，队长是欧初，政委是梁奇达，杨子江任政治部主任。

我们于晚上 8 点多到了五桂山游击队的驻地，支队长欧初等三位领导跟我们吃了在五桂山的第一餐饭。支队长问我们三人：“你们想要什么待遇？”我们三人从未考虑过这个问题。支队长笑着说：“想要司令员的待遇都行啊！”曾还小声嘟囔着说：“我们是来抗日的，不是来要待遇的。”政委梁奇达听了哈哈大笑。支队长说，游击队的生活、工作都很艰苦，希望我们尽快适应战斗生活，为抗战出一分力。

吃饭时支队长又问我："你叫李铁民吧？"我回答："是的。"

1944 年，珠江纵队司令部设立在五桂山石莹桥槟榔山

当年的五桂山

他笑着说："不如把'民'字去掉，就叫'李铁'吧！这样又好记，又有气势。"我很高兴，连忙答应了，从此我的名

字就改成了李铁。

支队长又说："今天是中秋节，吃饱饭你们可以到五桂山赏月！"

支队卫生室的负责人邓碧瑶带着我们三位同学到了山涧。五桂山是中山的最高山峰，山峦连绵起伏，林木茂密、流水潺潺，时常传来一阵不知名的花香。

中秋人月两团圆，我思念逝去的母亲，想念远方的哥哥，但我也有了新的家，有了亲人一样的支队领导和战友。

在 1944 年的中秋节，我加入了抗日游击队。

## （三）举办"海珠桥"卫生员训练班

1944 年 2 月，中区纵队第一支队的前身——中山人民抗日义勇大队在五桂山区槟榔山村设立卫生室，成员包括负责人邓碧瑶和卫生员肖吐等。当时各中队分散各地，医务人员极其缺乏。

我们三位同学到五桂山后，被分配到一支队卫生室。第二天，我们就有了第一项任务，就是举办卫生员训练班。

支队长欧初说："我们的当务之急是培训一批卫生员，要发挥你们的医护专长，为游击队培训一批卫生员。"

曾还同学负责写讲稿，我们三人分工上课，内容包括急救技术、枪伤处理、疾病诊治等，还有一位名叫王树芬的医生讲授药物知识。

"海珠桥"卫生员训练班的班主任是邓碧瑶，李子英任指导员。经过 40 天的教学，接受培训的三四十名学员结业了，这样就使各中队都配备了卫生员，而且她们就像星星之火，所到之处又教会了一批新的卫生救护人员，她们不仅参加战地救护，还不同程度地减少了流感、疟疾、脚气、夜盲症、疥癞等疾病对游击队员的威胁。

我们办训练班的卫生室位于五桂山区槟榔山村，那栋房子至今已有100多年的历史，白墙青瓦，高大的横梁，在那个年代可算是阔气。村民为抗战慷慨地将自家房子让了出来，作为游击队的卫生室。

老战友曾还、钟国祥在20世纪80年代初重访槟榔山村游击队卫生室旧址

游击队员们有了头疼脑热，都会到卫生室求诊；在战斗中受伤的队员，在这里也得到了很好的治疗；伤势较重的，或送到村民家中养伤，或设法转送到澳门镜湖医院。

那时，根据地的老百姓都很支持游击队，他们把自己的房子让出来给游击队员留宿；日伪来扫荡时，他们积极配合部队转移，不畏危险，收留、掩护伤病的游击队员。

游击队员也对村民们的恩情铭记于心，不少在村民家中养伤的队员都将当地百姓认为干亲。战后，许多当时的伤病游击队员都回山村探望曾经照顾他们的干爹干妈。当年的抗日游击队根据地能不断发展壮大，这都是与百姓们对抗日救国的无私奉献分不开的。

## （四）参加“纽约桥”青年训练班

成功举办了“海珠桥”卫生员训练班，支队长欧初表扬我们教学很成功，又鼓励我们继续努力。我们那时刚出校门不久，为能以自己的医护专业知识为抗日出一份力感到非常高兴。

卫生员训练班结束没几天，支队长欧初就通知我们三位同学参加代号为“纽约桥”的青年训练班。

1944 年春，中山抗日义勇大队派郑秀、郭宁等化装成普通百姓进入澳门活动，建立了秘密办事处，负责护送伤病员进入澳门镜湖医院治疗，同时购买子弹、药物和医疗器械运回根据地。

回想毕业前夕，我在三等病房值夜班时，发现抽屉里有一份关于中山五桂山抗日义勇大队的抗日宣传资料，那时才知道五桂山有共产党领导的游击队。我当时就猜：这里一定有中共地下党员在暗中活动。

挑选我们三个同学到五桂山的郑秀，是一位出色的地下工作者，她 1938 年就加入了中国共产党，可惜在 1945 年 8 月被捕牺牲。

地下组织传播共产党的抗日主张和敌后抗日游击队胜利的消息，吸引了一批又一批进步的热血青年来到五桂山参加抗日。游击队专为这些青年开办训练班，代号为“纽约桥”，取意为训练班起到了沟通家乡与海外的桥梁作用。

1944年7月初，李嘉（现名李成俊）、刘光普等10多名来自澳门纪念中学、培正中学、濠江中学、中德中学、行易中学等学校的青年学生，徒步来到五桂山，抵达当天正好是“七七”卢沟桥抗战七周年纪念日。他们后来参加了首期“纽约桥”青年训练班。

这些从澳门回来的青年学生，大多有文化，有抗日热情，但对共产主义思想缺乏全面的了解，对抗日的形势也认识得不够全面。

通过学习，大家对中国革命和中国共产党、当时全国的抗战形势、抗日战争中的游击战术等都有了基本的了解，明白了只有共产党才能救中国。学员们结业之后，有的到连队做文化教员，有的到班上担任政治宣传员，负责宣传鼓动工作，还有的成为医护人员，到战地救护伤员。

我们三位同学参加了第二期“纽约桥”训练班，班主任是张彬同志。在训练班结束前，我和曾还同学决定加入中国共产党，梁冰（佅仔）同志是我们的入党介绍人，张彬同志是监誓人，我们的情况属于“前线入党”，没有候补期，那时我还未满18岁。

说到“纽约桥”，还让我想起当中的一个小插曲。有一次课后跟支队长欧初谈话时提到柯麟医生，他说：“柯麟是‘左’倾机会主义分子，以后不要去找他。”这句话让我纳闷了很多年，16年后这个谜底才揭开。

## （五）勇敢的小战士——“摩登吐”

我在一支队卫生室认识了卫生员肖吐，她工作认真刻苦，给我留下很深的印象。后来我得知，别看她比我还小几岁，却已是“战斗模范”。

肖吐原名肖翠荷，是中山南蓢镇人，年纪轻轻就和兄弟姐妹一起参加了抗日游击队。在早前的一次战斗中，她跟随队长霍文一起冲锋，霍文双脚受伤无法走路，肖吐先是冷静地为他包扎伤口，然后又背他下战场。后来，敌军一个手榴弹扔过来，她的腿也受了伤，但她继续背着霍文往下撤，回来后大家发现她的裤子都被自己的鲜血浸透了。战斗结束后，她与其他10名战友被评为战斗模范，荣获了一枚刻有“模范”二字的银戒指的奖励。

从此在游击队中就有了这样的说法：只要有“摩登吐”（肖吐的昵称）跟着游击队，我们受伤都有救！

肖吐不仅勇敢，走起山路来，更是身手敏捷。有一天，她带着我翻山去分队巡视，我以前还从没爬过这么高的山。我们登到半山腰，便被一道深沟挡住去路，肖吐一步就跳了过去。可我往下一看，心惊胆战，心想若跳不过去，坠进深沟怎么办？

肖吐看我不敢跳，就想伸手拉我，由于山沟两边太宽，两人的手都接触不到。肖吐就鼓励我说：“李铁，勇敢点，不用怕！你一定能行！”她又原地示范跳的动作给我看。在她的多次鼓励下，我牙一咬，心一横，蓦地跳了过去！肖吐马上用手拉着我站稳。后来，我胆子渐渐大了起来，爬山、跳沟再也不怕了。

在五桂山有时还要夜行军，开始我很不习惯。夜深人静，月黑风高，走起山路来深一脚浅一脚，一不小心就会碰到石头或被树枝钩住衣服和头发，这还是小事，可怕的是还可能会遇到毒蛇和野兽！

肖吐传授了许多“窍门”给我们，如走路时要认准，黑的是泥，白的是石头，发亮的是水。在草地上宿营休息时，时不时会与蛇同眠，睡醒时要留意身边，如果发现有蛇，千万不要惊慌，轻轻地爬起来，蛇也会慢慢离开。

我逐渐克服了夜行军的恐惧感，从某种程度上说，肖吐是我参加游击队的第一位教官。

后来，我被调到其他支队，两人从此再没有见面，直到我20世纪70年代末调回广州，老战友才再次相逢。虽然她现在已经离开了我们，但我时常会想起她那张自信而热情洋溢的脸。

## （六）调往二支队

1945年1月15日，珠江纵队在五桂山宣布成立。林锵云任司令员，梁嘉任政治委员，谢斌任副司令员，周伯明任参谋长，刘向东任政治部主任。下辖第一支队、第二支队和独立第三大队。

当时的珠江纵队司令员林锵云将军

1945年春节后，支队长欧初通知我调往位于番禺的二支队。我挥别了五桂山一支队的战友肖吐，以及我的澳门同学曾还和任艳华，在交通员的带领下，避开日伪岗哨，走了几天几夜才到达目的地。

第一位送我的交通员是个中年妇女，出发前她很严肃地告诉我：“走在路上时，两人不能并肩走，要相距四五米，也不要讲话。”她让我留意她的动作，若她蹲下，我也要赶紧在路边蹲下，通过日伪军岗哨时，要冷静地随机应变。

到了石岐，女交通员说：“李同志，我就送你到这里了，后面是由石岐交通员带你去番禺。”我们等了一会，石岐的女交通员来了，她神情紧张地说：“情况有变，前面是伪军岗哨，你们赶快躲避起来，晚上走太危险，天亮再走。”

她安排我们躲进一间被炮火炸毁的村屋，在破墙的夹缝中过了一夜。她叮嘱我们不要随意走动，如果有灯光、有人经过时，千万不能发出声音，天亮时收到她的信号再出来。

1945 年 1 月 15 日，珠江纵队在五桂山古氏宗祠公开宣告成立

我们俩背靠背地坐在墙隙的石头上，里面又黑又窄，有许多不知名的虫子，有时还有一两只老鼠。由于太累了，我们就这样坐着睡了一夜。天刚亮，见到墙洞外有信号，赶紧爬了出去。

五桂山的交通员和石岐的同志交接完后向我告别：“李同志，我要返回五桂山了，你要小心，一路平安。”

我们从石岐向番禺行进，这一带与五桂山区的景色有所不同，有很多水田和鱼塘，这景观让我联想起几年前与母亲避难的众冲。

这一路还算顺利，走了一整天，在傍晚才到交通站。石岐的交通员说："李同志，我要换班了。你在这里吃饭过夜，明天会有人来接你。"说完她就挥手告别了。

交通站有一位婆婆，非常和善，待我就好像是祖母对孙女那样。她煮好饭，让我放开肚皮吃，这是几天来吃得最开胃的一餐了。半夜里她还起来给我盖被子，这一夜感觉很温暖。

天刚亮，婆婆就来叫我起床，一位交通员来接我。这是一位小伙子，他带着我又赶了一程的路，大约在午后，终于到了二支队的驻地。

二支队队长郑少康见我来了，很高兴地说："我接到通知了，说是你要从一支队调到我们这里，我们这里卫生员少，欢迎你来啊！"

多年后，与老首长郑少康和老领导梁奇达合影

他又问我："你参加过战斗吗?"

我老老实实地回答："没有，我在五桂山只办过卫生员训练班，接着参加了'纽约桥'青年训练班。"支队长告诉我，以后要上军事课，要学会用枪、扔手榴弹。

## （七）战斗中成长

我所在的二支队，其前身是曾取得国民党军队番号的广州市区游击队第二支队（简称广游二支队）。后来，中共广东省委派共产党员进入广游二支队，将其改造成一支共产党领导下的人民武装。

珠江纵队成立后，二支队又有了新番号——珠江纵队二支队，支队长是郑少康，政治委员是邝明，政治处主任是黄友涯。

1945 年 2 月中旬，我到二支队后不久，便参加了一次战斗，与二支队之前的大战相比，这次只是一场小战，但对我来说却记忆深刻，因为这是我第一次经历枪林弹雨。

那一天，我们正在村里的祠堂休息，突然接到命令——准备战斗。这是我第一次参战，心里还真有点紧张，但当时的情况已经来不及考虑太多了。

我背着药箱，随战友们迅速登上村尾的山丘，但对面山已被日伪军占领，敌军在山顶上用重机枪向下扫射。中队长马上下令"卧倒"，战友们立即卧倒，我也跟着做，敌军的机枪打得旁边的树木喀喀作响。

中队长向我爬过来，用力压下我的腰部，小声说："全身卧倒!"此时日伪军不断向我们射击，中队长下令向左山丘转移，中队机枪手火力掩护我们撤退。经过一轮激战，敌军没敢追上来，我们顺利撤退。

撤进村子后，战友们都取笑我说："李铁要头不要屁股。"原来，刚才在战斗中，由于紧张，我的动作严重变形——虽然头和上身趴了下去，但屁股却翘了起来。

在大家的笑声中，我紧张的心情缓和了下来，也明白了上军事课的重要性。后来，战友们教会了我如何卧到、射击、扔手榴弹。

这事不久，中队长发给我两枚手榴弹、一支手枪，还有8颗子弹，我很高兴，一心想着要和日军大干一场。看到我兴奋的样子，队长提醒，我的任务是救护伤员，而不是直接参战，武器是便于保护伤病员的。

我在二支队卫生室认识了杨好、罗文等战友，我们随部队一起战斗，随时救护伤员，战友们都很勇敢，我也做好了战死沙场的心理准备。

听战友说，珠纵二支队以前在番禺、顺德等地进行抗日武装斗争，建立了大片抗日根据地。1944 年上半年抗击日寇，多次取得大捷，抗日武装队伍不断壮大。由于战斗的需要，广游二支队禺南大队在 1944 年 7 月 1 日更改番号为广游二支队新编第二大队，卫国尧任大队长，郑少康任政委。

后来广游二支队经历了一场很激烈的战斗，就是 1944 年7 月 26 日的植地庄战斗，经过一场血战，共毙伤日军 70 多人，指挥官 4 名。但胜利来之不易，战友们付出了很大的代价，大队长卫国尧等 48 位战友在战斗中英勇牺牲，梁铁等 20多名战友受伤。

在民族危亡的时刻，卫国尧等先烈顽强抵御外敌，以鲜血和生命捍卫国土。但也有一些没有骨气的败类，丧失民族气节，背叛祖国，卖国求荣，充当外国侵略者的工具，成为汉奸。

在我调入二支队之前的一天，发生了七星岗之战。

1945 年 1 月 25 日（农历十二月二十二日），市桥恶霸、大汉奸李塱鸡的伪军到南村、市头一带，催收田租和糖捐，劫掠民财。

珠纵二支队番禺大队给予其迎头痛击，在部队指挥员郑少康、冯剑青、戴耀、李冲、陈庆南等的指挥下，番禺大队与附近 60 多个村庄的 2 000 多名民兵并肩战斗，再加上支前老百姓的配合，击退来敌1 700多人，最终取得胜利。

七星岗大捷历时三天，时间长，规模大，是番禺地区对敌战斗中少有的。是役，毙伤李塱鸡伪军 300 余人，击毙大队长 1 名、中队长 1 名，俘 35 人，炸坏炮 1 门、机枪 7 挺。

在二支队我认识了参谋长冯剑青，他在战斗中右腿中枪受伤，因为部队无手术条件，子弹没有取出，腿部经常作痛。后来，支队长让我带参谋长到广州柔济医院治疗。

## （八）陪参谋长到广州疗伤

1945 年 3 月的一天中午，支队长郑少康给了我新任务。他问我是不是在广州长大，我说是的，后来去了澳门几年，广州的路大概还记得。

支队长就说："那派你护送参谋长冯剑青到广州治疗枪伤，到广州先找到联络站，就会有人安排你们去医院。"

战友撑着小船，在傍晚把我们送到沙面附近的珠江岸边，我跟参谋长说，联络站离这里还有一段路程，不如先去对面沙基我干姐那儿住一晚，参谋长同意了。我们趁着夜色慢慢穿过马路，小心地避开日伪哨兵，找到了干姐的杂货铺。

我自1940年离开广州到台山，再到澳门读书，和干姐及干姐夫差不多有五年没见面了，他们见了我又惊又喜！

干姐冲上前搂着我，高兴地说："鸿女，你长高了很多！差点认不出来了！"

干姐看了一眼我身后的参谋长，我没有告诉她我们的情况，只是问：可否借宿一晚？干姐和干姐夫也没有多问，点头同意了。

干姐叫我带参谋长去小铺后面的小屋暂坐，说是晚上关了铺再出来。干姐做好晚饭，他们夫妇在小铺吃，我和参谋长在小屋里吃。

晚上收了铺，我和干姐聊了一会，告诉她我离开台山到澳门上了镜湖护校，干姐一时感触，红着眼说："干妈一直希望你长大能学医当医生……现在你当了护士也不错，干妈要是还在世，一定很高兴。"

干姐又从脖子上摘下金项链要给我带上，那是当年母亲留给我，我又送给干姐的。我不肯收，就说："还是你替我保管着吧。"

干姐夫在小铺内放了一张床板给冯参谋长睡，我睡在几年前住过的小阁楼。刚躺下没多久，突然听到有人乒乒乓乓地敲门，说是要查户口，我一下子紧张起来，从窗缝往下瞄，发现是两个伪军，我赶紧让参谋长躲到阁楼上。

干姐显得非常平静，一边应着门，一边在柜枱显眼处放了一个闹钟、两包烟，干姐夫则把床板收起来，打开门。

两个伪军进来，这两人显得和干姐夫很熟络，我想很可能是干姐夫送货时认识的。他们进门左右看了看，不一会就拿着香烟和闹钟离开了。

我终于松了一口气！

干姐夫关好铺门，我和参谋长从阁楼下来，发现自己冒了一身冷汗。干姐说，他们应该不会来了，又让我们睡觉时机灵点。

天亮了，我与干姐夫妇告别，感谢他们的照顾和保护。临别时，干姐不舍地搂着我，再三叮嘱："鸿女，走路时要留意前后左右有没有人跟踪。你有空多来看干姐啊！"

只是，等打败日本鬼子后，我紧接着又随部队北上，20世纪50年代初再回广州去找干姐时，干姐的小铺已换了主人，我去街道派出所询问，这时才发现，我竟然不知道干姐和干姐夫的全名，派出所也无能为力，找不到干姐，这成了我人生极大的遗憾！

再说我和冯参谋长避开日伪岗哨，走了很久，终于到了中华中路（今解放中路）云台里18号，这里是地下党的联络站。后来地下党筹了一笔经费，把冯参谋长送进了柔济医院（今广州市第二人民医院）外科治疗。

广州沦陷期间，坐落在荔枝湾的柔济医院继续营业。柔济是一所教会医院，据说当时有一位院长毕业于日本早稻田大学，跟侵占广州市的一名日军头目有同学之谊，所以日伪不大骚扰柔济医院，一些抗日人士便以柔济医院为活动据点，得到了医护人员的掩护和关怀。

在等待住院期间的一天，我跟冯参谋长说："我想到西关看看我家那几处房子能否设个点，来隐蔽中转伤员。"

冯参谋长同意了，说："快去快回，千万要小心。"

我先后到了和母亲曾住的茂林横街10号和太平南路父亲的律师事务所等处，发现这些地方都已被父亲的小妾们鸠占鹊巢，并不安全，非久留之地，设联络站之事只好作罢。

过了些天，交通员带我们到柔济医院办好了住院手续，我随冯参谋长住在一间病房，在里面加了一张陪人床。

傍晚，护士长来查房，我一抬头发现，这不是林柳坚老师吗？她也没想到会在这儿碰到我，有点吃惊地问：“你陪谁入院？”

“我表哥。”

林老师笑着问：“你哪有表哥？”过了一会她又说：“我明白了。你要注意，不要随便离开病房，也不要到外面买饭。”

我知道要小心行事，也不敢到外面买东西吃。由于事前没有多订一份饭，所以我和参谋长只好一份饭两人分着吃。

第二天，医生来查房，冯参谋长告诉医生，在家里遇贼打劫受了伤，医生说安排再过一天做手术。

可惜还没来得及手术，傍晚林老师匆匆忙忙地来了，她一进来就把门关上，焦急地说：“李铁民，快带你表哥离开病房，从医院后门走，快点离开！住院费写张便条放在抽屉里就行了。”说完她就离开了，出门之前给了我一书本和一双新袜子。

冯参谋长说：“我们快走！马上照你老师说的做，可能有紧急情况！”

我和参谋长当即离开病房，一出医院后门，就见两位交通员已等在那儿，将冯参谋长和我分头带走，我和参谋长匆匆告别。

交通员说，我不用回番禺的二支队了，他按指示将我带到了在南海、三水一带活动的独立第三大队（简称南三大队）。

后来我向部队领导汇报了在广州的情况，支队长说：“你们被伪军奸细发现了，柔济医院的联络员马上通知了你的老师。”

50多年后，我在香港看望林柳坚老师时，说起了这一段往事。她说，当时有一位医生让她立刻通知参谋长和我离开医院，她就照着办了，她也不知道他的身份。林老师并不是共产党员，但这位虔诚的基督徒却本着慈爱之心，救我们于危险之中。

遗憾的是，我和冯剑青参谋长在广州匆匆一别，竟成了永别。

在广州期间，我得知冯参谋长在澳门出生长大，曾当过老师。抗战初期就投身抗日游击队，转战珠江三角洲。记得他曾跟我说，只要中国人齐心协力，就一定能将日本侵略者赶走。

后来听说，我们在柔济医院分开后，冯参谋长被交通员带到澳门镜湖医院做手术，一治好伤就返回了部队。但可惜没多久，他在抗战即将胜利时不幸牺牲了。

每当回忆起我陪冯剑青这位抗日英雄在广州治伤的日日夜夜，总是让我感慨万分，和平的日子来得多么不易！

## （九）抗战胜利　挺进粤北

抗日战争胜利前夕，毛泽东主席曾构想在粤赣湘边建立一个稳固的根据地。于是，王震、王首道奉命率领由359旅主力组成的八路军南下支队（史称“两王支队”），从延安向南进发。

1945年5月8日，德国法西斯投降，欧洲战场发生巨大变化，日本法西斯也行将崩溃。毛泽东指示“两王支队”继续前进，到达湘粤边与华南部队配合，开辟五岭根据地。

根据中共中央创建五岭根据地的战略方针，1945年5月，珠江纵队机关和二支队大部、独立第三大队一部编成的西挺大队共400多人挺进西江地区的四会、广宁，开辟了抗日游击区。

独立第三大队队长林锋率部分战友，随珠江纵队主力西挺。我那时仍留在南海的独三大队，没多久部队建制有所调整，大队长由梅易辰接任，政委由二支队长郑少康兼任，我再次见到了原来二支队的老领导郑少康。

没多久，我们就奉命挺进粤北。

1945 年 8 月 15 日，日本天皇正式宣布无条件投降。几天后消息传来，战友们喜极而泣。八年了，日本侵略者终于被英勇不屈的中国人民打败了！

但我们喜悦的心情，随即被国民党要发动内战的消息破坏了。

根据广东省临委罗浮山会议精神，决定加快创建五岭根据地，要求部队迅速挺进粤北，并成立了东江纵队粤北指挥部，负责人是珠江纵队司令员林锵云，东江纵队副司令员是王作尧，政治部主任为杨康华。

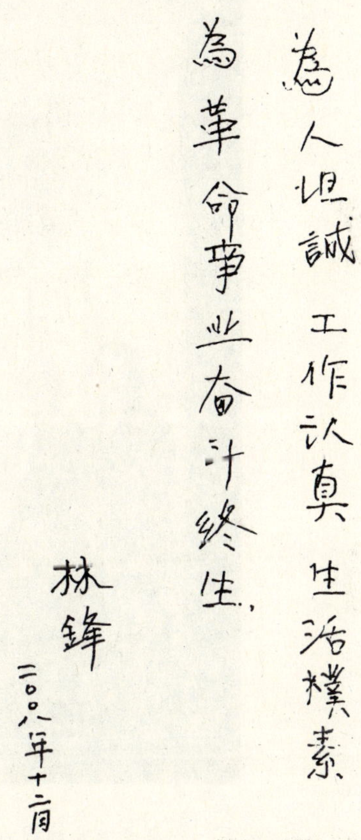
為人坦誠 工作认真 生活樸素
為革命事业奋斗终生。
林鋒
二〇〇八年十二月

老首长林锋写给我的字

1945 年 8 月中下旬，珠纵独立第三大队和第二支队 500 多人先后到达三水集结，就在这个时候接到了要求“部队迅速挺进粤北”的通知。8 月 23 日晚，部队在源潭圩召开北挺誓师大会，给我们每个人发了一双新鞋和一个铜口盅，会后我们即在郑少康、梅易辰的率领下从三水县向粤北挺进。

王震的 359 旅南下支队在 8 月底进抵粤北，正准备与东江纵队会合时，国民党顽固派乘日寇投降之机，纠集 7 个军 15 万人，对“两王支队”进行大规模的围追堵截。“两王支队”处境极为危险，9 月初部队北返，杀开血路，回到中原。

与老首长林锋以及镜湖护校原校长周金陵、
老同学曾还在珠纵成立六十周年展览上

当时，我们部队在北挺途中没能接到中央改变创建五岭根据地部署的指示，仍继续向粤北挺进。

北挺开始时，为避免暴露目标，我们都是夜行昼宿。部队继续行军进入粤北山区。这里峰峦重叠、人迹稀少，部队就改成了白天行军。在如诗如画的青山绿水中行进，战友们士气高昂、精神振奋，一路上唱着歌，说说笑笑，互相鼓励，一点儿也不觉得苦，也不觉得累。

在行军途中，也曾遭遇敌军，我们隔空与敌军哨兵对话，伪称是“国民党63军先遣大队”、“挺进大队”等番号，一路畅行无阻。9月上旬，独三大队顺利抵达英德倒洞，与西北支队、北江支队胜利会师。

就在这个时候，情况突变，国民党军的一个师向英德扑来，企图消灭我军。因此，三支部队经过紧张磋商，成立“北挺临时联合支队”，统一指挥，继续北上。经过20多天的长途跋涉，部队伤病人员不断增多，独三大队精减30多人留下养伤，随后部队继续北上。在始兴县我们与来堵截的国民党一个连相遇，虽然击溃了他们，但却被国民党军发现了我们独三大队的行踪，穷追不舍。

## （十）龙头山之战

1945年9月20日是中秋节，北挺临时联合支队行军到曲江附近时，遭遇国民党187师的一个营的堵截。由于敌军占领了有利地形，我军指挥员带领机枪手抢占附近龙头山的山头，向敌军猛烈扫射，掩护部队转移。

在多次拉锯战之后，我军抢占了制高点，这时我身边的一位战友突然倒下了，他用手摸着腹下部对我说：“李铁，我没有了。”他的下身殷红一片。我知道他是阴部受伤了，立即用绷带帮他包扎，又安慰他说：“没关系，是外伤，会好的。”我当即背着他下山。

个子矮小的我，吃力地背着他。这时一颗子弹擦过我的左小腿，我感到胫骨部位一阵刺痛，发现裤子上一片红。我没敢停下来，背着他继续走，走到半山腰，另一位战友赶来接我，背着他继续下山。

临分手时，他拿出一把他用的小匙对我说："李铁，你记着我啊！小匙留给你做个纪念吧。"与战友的生离死别，让我心里一阵酸楚。

那把小匙我至今仍然珍藏着。60 多年前的那一幕，时常浮现在我眼前。

战斗尚未结束，大部分战友撤下山坡，我把受伤的腿稍作包扎，留在山腰的密林内照顾受伤的战友。

战斗进行了一整天，联合支队打退了敌人的多次进攻，敌人死伤无数，不敢追击。天黑后，部队翻过龙头山，到了一个村庄歇息。晚饭后，部队趁着夜色，向北挺进。天亮后又走了一段崎岖不平、沟壑纵横的小径，终于穿过国民党军队的封锁线，进入了始兴县的瑶岭，在椒子岭与始兴的抗日群众武装"风度大队"取得联系。

在当时的条件下，我腿上的伤口很久都没有好，行军时常被山上的树枝刮得很疼，我就在腿上绑上厚厚的树叶，这一层"天然保护罩"还真管用。

不过后来伤口部位时常肿痛，一直到济南战役之后，到医院检查，才知道原来是里面的弹片没有取出来。

## （十一）瑶山"烂衫大队"

自龙头山之战后，独立第三大队的行踪更加暴露，部队供应极度困难，又被国民党军不断追击，处境十分恶劣。

1945 年 9 月末，独三大队北上到达汤湖斜。我们正在村内的草地上休息，准备吃晚饭，国民党部队突然在我们部队驻地附近的高处用机枪对着我们猛烈扫射，我军仓促应战，枪声过后，刚才还和我一起有说有笑的战友，就倒在我的身边，永远没有再起来。

我们都向村后的大山上冲去，幸而天色渐黑，敌军摸不清底细就没有再追。山又高又陡，天又黑，芒草、树枝、野藤杂生，我们在次日拂晓才登上山顶。各队战友在突围时都走散了，每个人的衣服都被山上的树枝刮得破烂不堪，鞋也烂了。

独立第三大队被迫进入左右拔水瑶山，国民党军立即对主要通道严加封锁，妄图把我们困死、饿死在瑶山。

部队派人到山中寻找各队突围时走散的战友，集合了一批人，经过几天的休整，独三大队整编为两部分：小部分由郑少康率领，与西北支队一起留在左右拔水一带，伺机突围北上，寻找粤北指挥部；大部分由梅易辰率领，与“风度大队”转移到始兴县西南部活动，吸引敌军注意力，掩护郑少康部北上。

为了更好地发挥战斗力，梅易辰将精干人员组成一支80人的武装中队，由霍桐任中队长，戴苏任指导员。当中有两个女兵，我是唯一的卫生员，除我之外还有一个负责财务的女战士。

瑶山方圆数百里，崇山峻岭，人烟稀少，根本没有避风躲雨之处，下起雨来，我们就用衣物往头上一盖，任凭风吹雨打。晚上寒风刺骨，我们躲在密林中燃火取暖，烤干被雨水淋湿的衣物。

独立第三大队被国民党重兵包围在瑶族山区一个多月，历尽各种艰难困苦。在敌军追击堵截的情况下，队领导给我们上政治课，鼓励士气，战友们克服了怕苦、怕饿、怕病、怕死等悲观情绪。我们深信，终有一天我们会冲出重围。

有一天，我们部队进入一个瑶寨，发现空无一人，只见一些四处乱跑的家禽，战友们帮忙赶入了笼子。晚上，我们露营在瑶寨的草地上。

后来，瑶民们背着竹筐陆续回来了，有一位老婆婆从屋内拿出一床棉被给那位负责财务的、瘦弱的女战士盖上。在这天寒地冻的深夜，淳朴的瑶民让我们感到一丝温暖。

第二天，寨里的一位老爷爷送给部队一碗盐、一包辣椒。队长叫我们送回去，并向他们致谢，因为他们的生活也十分艰难。

后来，队长跟寨主见面后得知，原来瑶民们看见我们进村，都吓得躲进山里。有会汉话的瑶民说："经常有些匪兵进村抢东西，所以我们一见当兵的就怕。你们不抢不偷，也不进屋，跟他们不一样。"

队长告诉他们："我们是人民的队伍。"并介绍了共产党军队的纪律和政策。最后又送给寨子两支步枪，让他们组织民兵，自保家园。

国民党军除了入山清剿我们，还设卡封山，不准山民携带米、油、盐、药品等物品进山。当地瑶民刀耕火种，所种粟米、番薯等作物产量很低，没有多少余粮卖给我们，饥饿严重威胁着游击队员的生存。

这一切，难不倒坚强的游击战士。在莽莽大瑶山中，野生植物茂盛，有椎栗子、山荔枝、竹笋、野芹等，偶尔捉到的穿山甲、箭猪及小河里的小鱼虾等也成了不可多得的野味。漫山遍野最多的是野生茼蒿，战友们把它叫做"革命菜"。我们吊起铜口盅，生火将它煮熟用来充饥。

不过，由于长时间没米吃，又无盐无油，很多战友都营养不良，夜盲、浮肿等疾病缠身，再加上药物奇缺，有几位战友就这样永远地离开了我们。

## （十二）难忘的坳背村之战

我们在梅易辰大队长的带领下，和始兴“风度大队”一起，运用游击战术和国民党军队不断周旋。1945 年 10 月下旬，我们袭击了大地主和两个国民党乡公所，缴获一批枪支和粮食等物资。枪支弹药归“风度大队”，货物粮食归我们独三大队，终于解决了部队给养不足的问题。

在瑶山断粮一个月了，我们终于吃上第一顿饱饭，每人还发了一包食盐备用。战友们恢复了体力，精神也为之一振。

此时也有好消息传来，郑少康率领的部分战友于 11 月初成功突围，到达南雄与东江纵队第五支队胜利会师。

而我所在的梅易辰部队不宜马上继续北上，决定转到始兴县东部等待时机，突围寻找粤北指挥部。

1945 年 11 月上旬的一天，梅易辰所率的独三大队到达茶柏岭附近的坳背村，部队停下来休息，战友们都很疲劳，除放哨的士兵外，大伙吃了午饭就席地而睡，我和大梁（李长松）、缪峰三个女战士去村边水坑洗绷带。

原本按计划下午四点吃了晚饭部队就准备转移，这时突然枪声大作，几股敌军在坳背村边的三个小山头上，用机枪向部队猛烈射击。由于事发突然，战友们仓促向火烧山突围。我、大梁和缪峰三人撒腿跑回驻地，抓起背包、药箱就往山上撤。

副指导员冯庆场马上带领黎勤的机枪班冲上对面的火烧山，来不及登上山顶，就在半山腰组织火力阻击，掩护大队部撤退。敌军组成三面交叉火网，子弹如雨点般射来，黎勤中弹牺牲，冯庆场马上接过机枪继续向敌军扫射，不久也阵亡，就在那挺机枪旁，相继有十多位战友牺牲。

子弹在我们头顶“啾啾”地飞过，打在身边的石头上冒起一股白烟。我们正往山上爬，只听“啊”的一声，大梁倒下了，她腰部中弹。我刚要帮她包扎，她却猛地推开我，把一个随身小背包解下来，又把短枪拔出来递给我：“你快走！一定要把小背包交给队长!”

这时我听到敌军在山下大叫：“抓活的!”声音越来越近。大梁大喊：“李铁，你必须快撤！保管好小背包！这是命令!”大梁手里拿一个手榴弹，用嘴咬着拉环。我把小背包挎在身上，刚含泪离开山腰就听到爆炸声，回头望去，一片火光映红了山腰。

我顺着大树滑到山沟，这时天已全黑了，周围一个战友也没有，只好沿着山沟里的浅水往前慢慢走。走了一会儿，我发现沟边有个石洞，就坐在洞口的石头上休息，我怕山里有野兽，心里盘算着等到天亮再去找部队。

刚坐下没一会儿，就听到有涉水声，于是我赶紧躲进洞里。声音顺着洞口传来，越来越近，我的心都揪到了一块。

拼了！我拿出手榴弹，大喊：“站住，不许动!”

“李铁，是我!”洞口传来我熟悉的声音，是指导员戴苏！这个略带沙哑的声音此时是如此亲切、动听，我紧绷的神经松弛了下来。

我把大梁的小背包和短枪递给指导员，但他没有接，让我保管好带回去交给队长。我们不敢贸然进村，晚上就在山间过了一夜。

第二天，戴苏指导员带着我走了很久，终于找到了部队的驻地。见到队长，我把大梁的枪和背包交给他。他打开背包，我惊呆了——里面全是钱！队长说：“你知道吗？大梁是我们管财务的连长，她把这背包看得比生命还重啊！”

几天后传来消息，大梁受伤后被捕牺牲。我听后既难过又后悔，找到队长，眼泪夺眶而出：“队长，我没能把大梁同志救回来，你处分我吧！”

队长沉默了一会，轻声对我说：“大梁同志是勇敢的！你服从连长命令，把她的背包和短枪带回来，你做得很对。我把大梁的枪给你，你要勇敢战斗！”这把短枪，我一直用到北撤山东前才交回部队。

后来统计，坳背村一战，独三大队共有 35 位战友牺牲，丢失了 3 挺机枪和一批步枪，这是部队北挺以来损失最为惨重的一次。

## （十三）冲出重围

在坳背村遭到突袭之后，我们被困在火烧山北面的一座高山上，从山上可以清楚地看见山下村庄都有国民党重兵把守，他们不时搜山，还到处放冷枪。独三大队处境极为险恶，只有设法突围才有生路。

部队一次又一次派员下山侦察，都是有去无回，部队上下都十分焦急。这段时间不得不将一些十五六岁的小鬼（小战士）疏散到瑶民家当人家的儿子糊口度日。

后来，大队教导员何干成亲自带两名战士下山侦查突围路线，晚上行进，白天隐蔽，经过两个晚上，翻过几座崎岖大山，终于发现一个小村庄，打听到村庄以北并无国民党军队，他们高兴地返回驻地。

大队部经过认真研究，决定沿这条新路线往北突围，几经周折，部队终于突破了敌军布下的重重包围。

后来，粤北指挥部与我们取得联系，并派员前来带路。我们找回了已疏散的战友，日夜兼程，不记得连续走了几天的路，终于在12月上旬到达江西省大庾县（今江西省大余县）天井洞粤北指挥部的驻地！

林锵云、王作尧和杨康华等首长接见我们，看到几经辛苦、杀出重围的我们衣衫褴褛，开玩笑地说："你们真是'烂衫大队'（南三大队，独三大队的前身）啊。"

首长们又表扬我们说："你们在北挺中是最坚强的、不怕苦的战士。现在全队休息15天，放开肚皮吃饱饭。"从这以后，我们部队的生活便大大改善了。

回想独三大队在执行北挺任务的3个多月里，我们从广东南海到江西大庾，穿越粤、赣两省的10个县，沿途的100多个日日夜夜，国民党顽军前堵后追，但指战员们排除万难，终于冲出重围，与东江纵队第五支队胜利会师！

之后，根据上级指示，我们被编入东江纵队粤北支队，与其他部队一起，继续在粤北开展艰苦斗争，开辟了湘粤赣边根据地和游击区。

# 六、南征北战

## （一）东江纵队北撤

抗日战争胜利后，国共两党就和平建国等问题进行了多次谈判，签署《双十协议》。为履行协议，东江纵队主力于1946年6月奉命北撤山东解放区。据记载，北撤人员共2 583人，除了东江纵队，还包括珠江纵队89人、韩江纵队47人、粤中中队105人、南路43人、桂东南1人。

東江粵北中共軍問題獲協議
廣州行營已發表公報
中共軍一個月內集中大鵬運往煙台
瓊崖縱隊問題仍待重慶解決
行營公報全文
來論
廣東共軍北撤問題

1946年5月4日香港《华商报》登载的关于东江纵队等我军部队北撤

东江纵队粤北支队5月底接到命令后，除留下部分战友在当地战斗之外，其余战友奉命北撤。当时粤北支队分散在粤北、湘南、赣南等地区，沿途又不断遭到国民党军队的阻击，要在一个月内集中到大鹏湾已是非常困难。其间，让日寇闻风丧胆的短枪队长刘黑仔，躲过了日本鬼子的炮火，却倒在了国民党军队袭击的枪弹中。

部队日夜兼程，在急行军中，我突然全身关节痛，而上次受枪伤的伤口本来已经好了，这时又肿痛难忍，那时我还不知是因为里面的弹片没有取出来，几乎寸步难行，更别说走山路，后来部队领导安排战友四人一组轮流用木板抬着我行军。

当时正是六月，天气很热，看着抬我的战友们汗透衣背，我当时心里非常过意不去，我这个本来要照顾他人的卫生员，现在竟成了要别人抬着的伤病员！那些战友的名字我现在记不太清了，但患难与共的浓浓战友情永世难忘。就这样，我们一直走了6天才到平原地带，我也总算可以自己拄着竹竿走了。

到达沙鱼涌后我们休整了几天，6月下旬，东江纵队的部队在大鹏湾集结完毕。6月29日，受飓风影响延迟行程的美国三艘大型登陆舰及一艘护航驱逐舰开进大鹏湾，登舰之前，美国兵为我们注射了防疫疫苗。

6月30日下午，东江纵队司令员曾生、副司令员王作尧、珠江纵队司令员林锵云等率领指战员登上军舰。虽然规定只能去2 400人，但实际上东江纵队及其他部队共撤离了2 500多人，其中女兵有300多人，我和一批女战士与曾司令同乘一艘军舰。

岸上站满了从四面八方赶来相送的乡亲，东江纵队与东江人民同甘苦、共患难，与日本鬼子打了8年的仗，终于取得胜利，现在却为了和平，不得不离开家乡北撤山东，乡亲们挥泪送别战士们，战士们唱起了《北撤进行曲》：

为了广东的和平！我们要离别战斗的故乡。
我们要走上新的路程，漂过海洋到遥远的北方。
当无数群众送别我们，好似母亲掉下眼泪。
当多年的战友送别我们，好似两兄弟说不出话来。
……

晚上8点，运载着东江纵队指战员的三艘美军军舰，在一艘驱逐舰的护航下离开沙鱼涌，起航前往山东烟台。

在舰上的日子非常艰苦，每人每天只发半杯水，两餐是饼干或一点面包，许多战友都因晕船而吃不下东西。我一向不晕车、不晕船，所以在舰上我还能照顾晕船晕得厉害的战友。

我这个女战士竟然一点儿也不晕船，这引起了曾生司令等首长的好奇，我说我从来不晕船，首长们都夸我身体好，也叮咛我多吃点东西以保持体力。

在我们登舰之前的6月26日，蒋介石已撕毁停战协议，大举围攻中原解放区，内战全面爆发。在军舰上，纵队首长指示我们：要防止美军与国民党勾结，军舰行驶到国民党统治区时要采取必要的措施，一有动静，立即打开仓库取出武器——在沙鱼涌登舰时，全军大部分武器被统一收缴放到仓库里上锁保管，只有团级以上的干部才能佩带手枪和10发子弹。

美军军舰将东江纵队从广东运往山东，这是东纵官兵抵达烟台码头

当然，一路太平，不用动用武器，只是有两个美国水兵耐不住寂寞，对靠近工作舱附近的我军女战士言辞轻佻，我们前去理论，最后那两个美国兵只得向当事人道歉。在之后的行程中，美国兵老实多了。我后来还听说，航行途中美军曾提出要和我们女兵联欢，遭到我军指挥员的严词拒绝。

1946年7月5日，经过5天5夜的艰苦航行，我们终于在山东烟台登陆。山东解放区的军民站在岸边欢迎我们，四处可以听到歌声："解放区的天是明朗的天，解放区的人民好喜欢……"一路上老百姓不断地把红枣、花生、苹果等塞到我们手上、口袋里、背包中……我第一次感受到山东老百姓对人民子弟兵的热情。

## （二）在山东解放区的日子

东江纵队成员都是广东人，骤然背井离乡来到生活习惯不同，连语言都不通的北方，生活上很不习惯，尤其是饮食。当时山东解放区的条件很艰苦，吃高粱面煎饼和地瓜面窝窝头，对我们来说都是头一次。当时部队上流传着这样的顺口溜：反攻反攻来到山东，高粱煎饼包大葱。

那时不少战友水土不服，出现消化不良或是腹泻等症状，山东解放区领导就建议我们吃大蒜，后来每人每餐都发一头大蒜。开始我觉得很辣，吃了口气难闻，难以下咽，但为了适应当地的生活只好忍耐。过了一段时间，我的消化状况果然好转了，并且喜欢上了吃大蒜。

从广东北撤山东时，我们的军装都很破旧，到山东后部队换发了新四军军服，也换了武器，战友们都挺高兴，总算有点儿正规军的样子了。

我们在烟台驻扎了一个多月后，又接令南移临沂。出发时，沿街站满了欢送的烟台百姓，当地部队还调来数十辆军车专程送我们，女兵、伤病员等可以坐车。但后来道路不好，我们不得不下车步行。经过几天的行军，终于到了临沂，结束了这次大转移行动。

在行军途中，山东部队的文工团沿途载歌载舞，我们没料到会受到这样亲切、热情的欢迎，虽然还听不大懂歌词，但我们极受鼓舞，离乡背井的苦恼一扫而空。

说到文工团，刚到烟台时，纵队领导让战士们组织文工团，宣传广东人民的抗日活动。我这个卫生员就被调去管了一段时间的服装，还参加了歌咏队。

那段日子，我也学会了很多歌，除了那首《解放区的天是明朗的天》，还有一首是讲老百姓支前的歌，歌词很有趣："东村有个李大妈，那个身体胖胖，扭扭拧拧，扭扭拧拧出了门咿呀哟……"

1946 年 7 月，东纵北撤至山东，部队面临着由游击战到正规战的转变，所以根据中共中央"保存华南骨干，提高干部质量"的指示，在山东的东纵官兵被分派到不同的学校学习，有的战友被派到了华东军政大学，我则被送到新四军军医学校学习。

我们在临沂的驻地离纵队司令部不远，经常遇到曾生司令等老首长。1946 年底的一天，恰好遇到曾司令，他说："李铁，我记得你是从澳门回来参军的，还是镜湖护校科班出身的护士，想不想再去上学？"

"想啊！"

"那就准备一下吧。"

原来纵队已经决定派我到新四军军医学校继续学习。我高兴地跳了起来，赶紧收拾行装，从此我调离了东江纵队的卫生室。

第二天，当地的交通员带着我出发了。当时天气很冷，下着大雪，这是我第一次看到雪花飘飘。我穿上刚发的棉衣、棉裤和棉鞋，骑着小毛驴，交通员帮忙牵着。我觉得不好意思，就说："我们轮流骑吧！"憨厚的小伙子马上说："那可不行，这是我的任务！首长交代你骑你就骑吧。再说，你们南方小妹从广东到山东，不会走雪路，我早就习惯了。"

我第一次看到下雪，又是第一次骑着毛驴赶路，这一切，都让我感到非常新奇。

## （三）就读新四军军医学校

早在抗日战争时期，中国共产党领导的新四军为抗战需要，就开始培训军队卫生干部，并于1945年5月12日正式成立了新四军军医学校，并在安徽省解放区天长县举行了开学典礼。

1945年9月，新四军江南部队北撤。10月上旬，主力部队到达山东，军部设在临沂。在抗日战争和解放战争时期，临沂是沂蒙山抗日根据地、山东解放区政府所在地，新四军军医学校也随卫生部迁到了沂水。

1979年调回广州之前，在济南与老指导员季平（前排右一）合影

我骑着小毛驴到了学校，与送我来的交通员告别。印象中，学校大门口并没有挂牌，学员们住在一溜平房里，另有一间大平房，那就是教学的课堂。

在这里我首次见到了老领导季平。

到军医学校报到后，季平指导员给我介绍了学校的情况，安排我在第二届学习，她说第二届约有50名学员，只有我一人是从东江纵队来的。

学员们都穿着新四军军服，除了上课，还要出操、上军事课、学习野外战斗动作，这些对我来说都不是问题。

问题是，上课时我遇到了语言不通的麻烦。

给我们上课的教员，有很多都是投奔解放区的医生甚至是专家，他们上课时都带着山东、江浙等地的口音，虽然我的普通话大有进步，大部分日常用语都不成问题，但要听懂一些南腔北调的医学专业术语还是很困难，只得在课后抄北方同学的笔记。

学了不到两个月，纵队的曾英、赵琳、马健和余奇四位战友也来了。我很高兴，我们这几位“小老广”可以互相交流学习心得了。

后来，季平指导员在班里组织了学习互助组，安排李非同学帮我补习。经过一段时间的苦读，再加上我在镜湖护校学过一定的医学理论课，参加珠纵打游击时又积累了一定的战地救护经验，我很快就适应了课程。

根据华东野战军司令员陈毅的指示，为了纪念参加中国抗日战争光荣殉职的加拿大著名外科专家、优秀共产党员诺尔曼·白求恩，新四军军医学校于 1947 年 1 月更名为“华东白求恩医学院”，由华东军区卫生部第一副部长宫乃泉兼任院长。

## （四）李铁过沙河　荣立一等功

1947 年春，学校随军部迁到了山东沂水县。当地老百姓过去缺衣少食，没钱看病。病了或是硬撑着，或是用土方、偏方医治。新四军来了之后，医务所不仅给战士治伤，还面向村民开放，而且看病一律不收费，新四军救死扶伤的精神让当地老百姓感受至深。

那段时间我们军医学校的学员除了上学，还要负责给老百姓防疫治病，每天分组去河对面的村庄巡视。

沂河又名沂水，有很多支流，包括大、小沙河。初春几天，刚好下了几场春雨，平时踩着过河的大石头被淹没了。这天轮到我去值班，面对汹涌的河水，我也没多想，卷起裤脚就冲进河里。

刚下水，对面的村长就在河对岸大喊：“孩子，水太急了，别过来！”

初春的河水冰冷刺骨，走到河中间时，突然暴涨的河水涌到腰间，我赶紧把临床检查器械包顶在头上，机械地挪动着冻僵的双腿，那十多米宽的河面竟然如此漫长。

终于到了对岸，老村长一把把我拉上来，心疼地责怪说：“我喊你，你听不见吗?”我哆嗦着说不出话来。两位大姐把我拉到一间农舍里，帮我脱下衣物拿去烤，又拿了一床棉被让我裹着取暖。过了好一会，军装总算烤干了。

村长带着我去了解村中传染病的情况，看了几位病人后，我给村民们讲解了疟疾等传染病发生的原因、症状及治疗方法，又留下一些药。这时天已黑了，老村长带我绕了点路，走到一处水较浅的地方，我又涉水返回学校。

一上岸，发现指导员季平和同学们都在焦急地等我。季指导员说：“河水暴涨，天又黑又冷，还不见你，大家担心极了。”

我那时年轻，并不觉得苦，也不觉得累，只觉得能为老百姓做点事，心中很安慰。

1947 年 12 月底，中国人民解放军华东军区卫生部年终总结大会，对立功人员进行了嘉奖，让我惊喜的是，我获得了一等军功。

华东军区卫生部第一副部长宫乃泉在会上宣布：“李铁同

志在执行鲁中南防疫工作中，荣立一等军功，根据第205号嘉奖令，特此传令嘉奖！”站在领奖台上，我激动万分，我本是一个孤儿，为百姓做点事竟获得那么高的荣誉。

獎令
中國人民解放軍華東總部衛生部衛政治部嘉獎令
獎字第二〇五號
晉獎李鐵於執行魯中
防疫任務中建立壹等功勳特
傳令嘉獎
此令
部長 齊仲桓 宮乃泉 白備伍
政委 賴毅
政治部主任 魏天祿
副主任 裴海萍
民國三十六年十二月廿日

205号嘉奖令

我获军功嘉奖后，同学们也替我高兴，说我给班里争得了荣誉，后来特地给我拍了张照片留念。

功在人民

这一段经历也被写进了华东白求恩医学院及山东医科大学的校史中。多年后，我见到宫部长，他还提起我的这一段往事呢。

在以后的战斗岁月中，我曾多次荣立军功，可这一次给我的印象尤为深刻。

## （五）“打到济南府，活捉王耀武”

从1946年6月至1947年6月，人民解放军处于战略防御阶段，战争主要在解放区进行。1947年上半年，国民党军对山东解放区发动进攻，我们学校多次停课、多次转移，同时不少学员还被派往战地救治伤员，学员们就这样边战边学。

1947年7月31日，中国人民解放军的名称正式使用了。8月1日，以东江纵队为基础组建的中国人民解放军两广纵队在山东成立，曾生任司令员，隶属华东野战军。

从1947年下半年起，人民解放军由战略防御转为战略进攻，以主力打到外线，将战争引向国民党统治区。上级决定将军医学校的学员分散开来，我们第二届全班同学被编入华东野战军，分别派到野战医院或后方医院。

我因为身体条件好，被调去了山东兵团第九纵队的二线手术队任医助，协助主治军医治疗从一线战场上转下来的受伤战士，从事扩创手术、处理骨折、包扎伤口等工作。在广东抗战时参加的是游击队，到了山东后，参加的是兵团野战军，这是对我的新考验。

1948年9月济南战役，解放军突破城垣

我参加的第一个大战役是1948年4月2日打响的潍县战役。哪里有战斗，二线手术队就安置在哪里。手术队离前沿阵地只有数百米，炮弹在离我们不远处炸响，不时震得帐篷左摇右晃，还不时有敌机在我们头顶扫射。

手术室是用帐篷搭建起来的，照明用的是煤油灯。每个手术室都有一名外科主治医生，一名军医学校学员当医助，还有麻醉师、护士长及护士各一名。在战斗过程中，我们寸步不离帐篷，趁着战事的短暂空当，极为疲惫的我们席地而眠，而一有伤员进来，马上又振作起来。

我随部队转战各地，印象最深的就是1948年9月16日至9月24日的济南战役，这是一场震惊中外的夺城战役，开创了人民解放军夺取国民党军重兵坚守的大城市的先例。

济南是山东省省会，在蒋介石眼里是仅次于南京、天津、徐州的战略要地。当时，济南城的守敌是国民党第二绥靖区司令王耀武部所属的3个整编师9个旅、5个保安旅等共11万人。城防工事坚固，筑有明碉暗堡千余个，构成以内城为核心、包括外围和外城在内的永久性防御体系。

9月16日，正值农历中秋节前夜，明月当空。午夜12点，济南战役正式打响，华东野战军的攻城部队在济南城外围发动了全线攻击，两广纵队等负责进攻济南城西的长清县。经过几个小时的激战，两广纵队于17日攻占了长清县城。

战斗异常激烈，随着战斗的进行，伤员们被陆续送了进来，每次战斗都要处理大批伤员。由于伤员太多，主治军医一个人忙不过来，就增加一个手术台让我独自上阵，护士长协助我，有疑难问题及时请教主治医生。

经过八昼夜激战，9月24日战斗结束，国民党守城司令王耀武化装潜逃，9月28日在寿光县被俘虏。

济南战役的胜利，使华北、华东两大解放区连成一片，为华东野战军会同中原野战军南下进行更大规模的歼灭战创造了有利条件。周恩来后来说:“三大战役的序幕是济南战役。”

据统计,济南战役共歼国民党军10万余人(其中2万余人起义),但是人民解放军也在这次战役中付出了近2.7万人伤亡的代价。

这是一场极为惨烈的战役!据攻城的战友回忆,在王耀武的第二绥靖区司令部,也就是原山东邮政管理局旧址附近,在激战期间,阵亡的士兵尸体叠尸体,人踩下去,很难拔出脚来,因为鞋底全让血给粘住了,真是血流成河、尸横遍野!

当我随部队进城时,济南经二路的邮政大楼一带的战场已基本清理完毕,但大楼上的窗户几乎没有一块完整的玻璃,外墙上更是弹痕累累。以后每当经过邮政大楼,总会让我想起那浴血奋战的一幕幕。

这座德式建筑风格的邮政大楼,曾是济南最高的建筑物,1911年由天津外国建筑事务所建筑师查理和康文赛设计,1920年2月2日正式对外营业。1937年七七事变后,日本侵略军强占济南邮政大楼,将其设为日本侵略军司令部。日本投降后,大楼又被国民党第二绥靖区司令部占据,还一度成为王耀武的官邸。新中国成立后,历为山东省总工会办公楼、济南市邮政局办公兼营业楼。

邮政大楼外墙上的弹洞,一直到新中国成立后的很多年都留有痕迹。女儿小时候每当路经那里,都要我停下来,找一找红砖墙上的弹洞。

顺便说一句,我后来在济南读书工作时也常听老百姓说起,这王耀武虽说成了粟裕将军的手下败将,但他也曾是一位抗日民族英雄。王耀武是黄埔军校第三期的学生,1937年七

济南邮政大楼，曾是王耀武的第二绥靖区司令部

七事变后，他率部参加“八一三”淞沪抗战和南京保卫战，老百姓对这位山东名将的抗日功德并未忘记。

## （六）亲历淮海战役

在1948年9月的济南战役过程中，粟裕将军认为解放军对敌进行战略决战的有利条件逐渐成熟。因此，当济南城内巷战仍在激烈进行，但已胜券在握的时候，他就于9月24日7时发电报给中共中央军委，建议立即进行淮海战役。

1948年10月，华东军区卫生部成立淮海战役前方卫生部，粟裕将军指示卫生部做好前线伤病员抢救和治疗的准备工作。

淮海战役，国民党称之为徐蚌会战，是解放战争中持续时间最长、消灭国民党军最多的一次战役，从1948年11月6日开始，到1949年1月10日结束，历时65天。淮海一役，也是决定现代中国命运的关键一战。蒋介石兵败淮海，犹如拿破仑兵败滑铁卢，从此一蹶不振，中外战争史研究者把它称为“蒋介石的滑铁卢”。

淮海战役纪念章

隶属华东野战军的两广纵队参加了淮海战役全过程，经受了最严峻的考验，其中，徐南阻击战是两广纵队成立以来担负任务最重、作战最激烈、伤亡最大的战斗。

在两广纵队坚守的卢村寨（今属安徽萧县）战斗最为激烈。敌军多次采用飞机和大炮进行轰击，整个卢村基本上被炸平，防御工事大部分被摧毁。两广纵队依托残存工事和弹坑顽强抵抗，虽然伤亡惨重，但一直坚持了两天，阵地始终未被攻破 。

华东野战军在《淮海战役实施经过》中指出：“尤以卢村寨激战最烈，工事大部被毁，我军击退敌多次冲锋终为广纵英勇守住。”

淮海战役时，我在野战医院的战地手术队任医助。手术队与前沿阵地只相隔数百米，炮火震耳欲聋。随着战斗的进行，伤员们被陆续送进手术队的帐篷。由于要治疗大量的伤员，我的战地手术经验越来越丰富。

这一天，先是抬进一位腹部有创伤的战士，我在主治军医的指导下，一步步进行创面手术，切除有创伤的右肝下叶、止血、缝合，手术完成后叮嘱担架队迅速将其送往三线医院。

后来又来了一位胫骨骨折的伤员，主治军医安排护士准备石膏、绷带。与此同时，一位头部遭重创的战士被抬进来了，他满面是血，左顶骨被子弹射穿，脑组织从顶骨穿洞处流了出来，抬担架的支前老乡以为他快不行了，难过地不断央求我们救救他。

我和主治军医马上对他进行全力抢救，护士先将他的头发剃光，给伤口消毒，我用手术钳取出顶骨创面的碎骨，清理消毒，用手慢慢将流出来的脑组织推回颅内，然后再缝合头皮，包扎绷带，终于完成了手术。

手术非常成功，主治军医对我的冷静、果敢极为欣赏。我是头一次处理这样复杂的手术，不紧张是假的。但当时的情况不容我紧张，多耽搁一秒钟，伤员就多一分危险。后来听说那位战士奇迹般地活了下来，这件事情让我欣慰了好多天。

不过让我难过的是，由于手术条件有限，很多战友的生命就在我眼前消逝了。不少送来的伤员伤势都非常严重，有的甚至没了手脚，一个个重伤员就在手术台上死去……生命在战争中是如此的脆弱，断肢、鲜血充满了我的眼睛，我能做的就是拼命地工作，尽可能地挽救那些可能逝去的生命。

据统计，淮海战役是三大战役中解放军牺牲最惨重的一次，伤亡、失踪人员合计超过 13 万人，付出的代价十分巨大。

如果要我说出当时的感觉——那就是祈祷世界上不要再有战争。

## （七）横渡长江　接管上海

1949年1月10日淮海战役结束之后，遵照中共中央军委1月15日的命令，华东野战军改编为中国人民解放军第三野战军，两广纵队则奉命改归第四野战军建制。

平津战役后，东北野战军于3月11日改名为第四野战军并向南进军，而两广纵队也在3月顺理成章地转隶第四野战军，移驻河南整训，准备打回广东老家。5月，由平津战役起义的国民党军改编的独立第二十四师编入两广纵队。

两广纵队在5月整编后下辖第一、第二师，司令员仍是曾生，副司令员为王作尧，曾司令同时兼任第一师师长，副司令员王作尧兼任第二师政治委员，政治部主任为杨康华，后勤部长为郑少康，这些都是我在东纵的老首长。

两广纵队第二师师长何宝松，是参加著名的十九路军"一·二八"淞沪抗战的爱国将领，1949年在北平起义。第二师的副师长是从晋察冀军区调来的李克明，而他正是我失散十多年的哥哥。

但在当时，我与哥哥重逢的缘分还没有到，我们华东白求恩医学院第二届的同学被调入三野后勤工作队，集结在长江下游北岸，准备渡江接管上海。

不过哥哥在两广纵队与我的老首长共同作战，埋下了我们兄妹在上海重逢的伏笔。

1949年4月20日渡江战役开始，解放军成千上万只木船以排山倒海之势，浩浩荡荡，横渡长江。至22日，渡江部队占领并扩大了滩头阵地。国民党军苦心经营三个月之久的长江防线完全崩溃，人民解放军百万大军胜利渡过长江。4月24

日晨，解放军先遣部队直奔总统府，把红旗插在了总统府的门楼上。

前方不断传来令人振奋的消息，5 月 3 日杭州解放，16 日汉口解放，17 日武昌和汉阳解放，22 日南昌解放……

为求完整地接收中国的大城市之一——上海，避免市区遭受战火破坏，第三野战军第九和第十兵团在作战中尽量不使用重武器。至5 月 27 日，完全攻占上海，6 月 2 日，解放崇明岛，至此，渡江战役宣告胜利结束。

### （八）接管上海市立第一宰牲场

上海战役之前，中央军委编发了一系列材料组织部队学习，做好接管上海的准备工作。我们早就熟读“入城纪律”等入城政策。

我们入城的第二天，即 1949 年 5 月 27 日，上海宣布解放，第二届的同学们被分配到上海市军事管制委员会，接管上海卫生机关。

1949 年5 月27 日至6 月30 日，上海市军管会共接管国民党在上海的各级政权机关及企事业单位1 397个，其中位于现今沙泾路的上海市立第一宰牲场也是其中一个。

6 月，我和几位战友跟随上海市军管会卫生处军事代表、接管专员，正式接管了这个远东最大的屠宰场。

这座宰牲场规模庞大，气势雄伟。以前，这里每天大约要宰杀 500 只羊、300 头猪、400 头牛，生产 130 多吨各类肉食，关系着上海大部分人口的肉类供应，所以一般人是不允许进去的。

1949 年，接管上海第一宰牲场时与同事合影

我们军管会的职责之一是为宰牲场的职工上政治课，宰牲场大约有 150 位男工友，我每周给他们上两个小时的课，讲讲全国形势，也讲讲解放区的事，他们都很乐意听。

我们的另一个职责就是监管宰牲后的卫生规范。

宰牲场里面有一条超过两千米长的屠宰流水线，这在当时是非常先进的。

一般的女性都很怕见血，可是对于我这个在战场上见过炸弹横飞、残肢断臂的战地医务兵来说，杀猪宰羊就小巫见大巫了。只是我见过有些牛预感要被杀时，竟然会流下眼泪！我又联想到母亲生前常说，牛是很有灵性的动物，所以我有很长一段时间不吃牛肉。

我在这里待了差不多一年，和工友们结下了很深的友谊。之前我一句上海话也听不懂，工友们有空时也会教上我几句。

宰牲场其中一座楼的天台上有很高的烟囱，有一天午休时间，我和接管小组的男同事沿着烟囱外的铁梯爬到最高处，工友们看见了都大声鼓掌，他们夸我说："解放军女兵真是勇敢，从来没有女人爬上去过！"

我正努力爬上宰牲场高高的烟囱

在我们接管宰牲场差不多60年之后，这座古典建筑在2007年被改建成了"1933老场坊"，我这才知道原来它很有来头。

根据记载，上海当时的公共租界最高行政机构工部局，于1931年开始营造"上海工部局宰牲场"，1933年11月建筑落成。我们1949年参与接管这个宰牲场时，看到下水道沙井盖上有"19三III"的字样还不明所以，现在看来是落成年份的纪念。

上海工部局宰牲场由英国建筑师巴尔弗斯设计，楼高5层，建筑面积约3万平方米，钢筋混凝土结构。大楼空间布局奇特，外方内圆，东南西北4栋建筑围成的四方形厂区与中间一座24边形的主楼通过楼梯相连。整个建筑高低错落，廊道盘旋，设计精密宛如迷宫，却又次序分明。

据说当年与它同等规模的宰牲场全世界只有三座，另外两座分别在美国和英国。上海的这座完全按照英国那座设计建造，材料也都是从英国进口的。

上海这个宰牲场几经沧桑。1937年抗日战争爆发后，日军强占工部局宰牲场，作为市立第一宰牲场；1941年太平洋战争爆发后又由日伪政府接管；1945年8月15日，抗战胜利，宰牲场由社会局接收。1946年，宰牲场发展成为当时远东规模最大的一所宰牲场和全市2/3的鲜肉供应库。

新中国成立后，它成为肉类加工厂、食品厂、食品综合机械厂等机构的驻地。2002年之后，宰牲场长期处于空置和废弃的状态，直到2005年10月31日，这座“年逾古稀”建筑物被上海市政府正式挂牌为“优秀历史建筑”。

后来，宰牲场经过创意改建，在2007年11月1日以“1933老场坊”的新面貌再现，成为上海市的一道风景。

上海第一宰牲场被改建成“1933老场坊”

## （九）新中国成立　兄妹重逢

随着全国解放战争的胜利推进，国民党发动内战的主力已基本被歼灭，中国人民解放军先后进入湖南、福建、青海、新疆及两广等地，新中国诞生的条件已经成熟。

1949年10月1日，毛泽东在天安门城楼庄严宣布：“中华人民共和国中央人民政府成立了！”中国的历史从此翻开了崭新的一页。

那时，我正随军管会进行接管上海的工作。10月2日，上海市人民政府在汉口路市政府举行隆重的五星红旗升旗典礼，报纸的新闻标题是《大上海升旗了》。这是上海军民第一次见到五星红旗，当天虽然下着大雨，但兴奋的军民仍冒雨游行。

过了几天，上海又举行了规模盛大的百万群众国庆大游行，那时整个上海都沉浸在新中国成立的欢乐中。

和平的喜悦，1949 年与战友合影

在这种欢乐气氛中，我格外怀念母亲，如果她还活着，见到和平的这一天该多好！我更思念哥哥：分别十多年了，你在哪里？自母亲去世后，他就是我在这个世界上最亲的人了，我无时无刻不在想着他！

终于，奇迹出现，分别了十多年的哥哥在上海戏剧性地找到了我！

我后来才知，哥哥那时正随两广纵队率军南下参加广东战役，解放家乡——广州。1949 年 10 月 14 日，广州解放了。

战斗结束后，哥哥第一时间就去寻找自己的母亲和妹妹，可是他得到的却是一个令人心碎的消息——母亲去世，妹妹避难澳门没了消息。

真是无巧不成书。

哥哥当时是两广纵队第二师的副师长，在与纵队首长们闲谈时说起了家事，司令员曾生、副司令员王作尧以及杨康华、郑少康这些我在东纵、珠纵的老首长听了之后都觉得，他们手下的那个女卫生兵李铁，除不叫“李绍鸿”外，很多方面都跟他所说的妹妹情况非常相似！

哥哥得知这一信息后极为兴奋，他还打听到，我很可能随三野卫生部到了上海，但当时战斗还没结束，没能展开他的“寻妹”之旅。

1950年2月，分别十多年的兄妹在上海戏剧般重逢

几个月后，哥哥终于有机会来到上海。他找了上海军管会等多个部门，查到我可能转到上海医学院上学，于是他找到了我的老领导——指导员季平。我那时刚完成在军管会的工作，到上海医学院学习。

1950年2月13日这一天，我正在宿舍和同学们聊天，指导员季平匆匆来找我，问了些有关我家人的情况，又匆忙走了。我还挺纳闷：指导员怎么突然问起我的家世来了？

过了一会儿，就听到季指导员喊我：“李铁，有人找你！”我跑出房门，看到一个两眼炯炯有神的军官站在那里。

指导员说：“这是你哥哥。”

“哥哥？”我一下子没转过弯来。

十多年来，我一直幻想着与哥哥重逢时的各种场景，但这一刻我脑中却突然一片空白。

我努力把眼前的这个军人和我记忆中的哥哥进行对比，分别12年了，他真是我的哥哥？我是不是在做梦？

“鸿女？”他颤抖地用广州话喊着我的乳名。

当听到这陌生而又熟悉的声音时，我的心跳突然加速！虽然他脸上不再有十多年前到北平读书时的稚气，但我马上意识到他正是我日思夜想的哥哥！

“哥……”眼泪如决堤的洪水，几乎挡住了我的视线，我大哭着冲进他的怀里。

自母亲去世后，我不断要求自己坚强，但那天我让眼泪尽情地流了个够，让泪水将我这十多年小孤女的委屈都冲掉！

我不再是孤儿了，我的哥哥来找我了！

指导员季平和战友们都为我感到高兴，多年后他们讲起那一幕，都说比电影情节还感人。

哥哥后来跟我说，当时季平指导员先是很详细地问了他许多有关我们父母的情况，又把他晾在一边，单独去找我问家世背景，确定两人说的都能对上号才让我们兄妹相见。

哥哥笑着说：“你们指导员担心我是骗子，怕我把你拐走啊！”

我和哥哥这次见面只有半天，他就要北上执行公务了，我送他到火车站，临分别时哥哥说：“你当医生需要手表。”于是就从手上脱下他的表给我戴上。

火车开了，久别重逢的兄妹依依不舍……

# 七、重返校园

## （一）回山医“老家”

1950 年，我在上海完成在军管会的工作后，就转业离开部队了。在上海医学院学习了一段时间，就和几位同学转去位于济南的山东省立医学院继续上学。

这所学校的前身，正是我 1949 年刚到山东解放区时读过的新四军军医学校，1947 年 1 月升格为华东白求恩医学院。1949 年 5 月，华东白求恩医学院移交山东省人民政府管理，改名为山东省立医学院。1952 年 9 月 26 日，山东省立医学院与齐鲁大学医学院合并，定名为山东医学院（简称“山医”）。

我很高兴。自从随东江纵队北撤山东烟台，我就一直在山东这片土地上战斗和学习，我对山东有着特殊的感情，现在就像回老家一样。

1948 年 9 月 24 日，济南战役结束后，解放军济南军管会卫生部接收了山东省立医院，那块跟了我几年的弹片就是在那期间取出来的。那时，这座“家家泉水，户户垂柳”的泉城给我留下了美好的印象。

到山医后，我被安排进六届学习。自日军侵入广州后我就被迫失学，加上多年转战南北，我的文化课基础较差。课程中的无机化学、有机化学、生物学等课程，开始时我学得倍感吃力。因此学校安排了功课较好的庞立格同学帮我补课，他教得仔细，我学得刻苦。

这是我读书读得最辛苦的日子，由于功课底子不好，比其他同学我要付出数倍的努力。我不是那种绝顶聪明的人，但勤能补拙。终于，皇天不负苦心人，一段时间下来，我的学习大有进步，终于追上了教学进度。

1952年全班同学合影。前排右三为本人

1952年进入临床实习时，山东医学院的不少领导都是我在野战医院时的老上级，都知道我从事了近6年的战地救护及创伤外科手术，所以外科方面的实习可以免掉，只是安排我去传染科及心肺科实习了两个月。

暑假后，方春望院长派我去北京大学医学院读精神医学高级师资班，这样，毕业后可以在母校开展精神科的临床与教学工作。1953年7月，我结束了在北京医学院两个学期的学习，又返回山东医学院母校，正式拿到了大学毕业证书。

从战争年代的新四军军医学校、华东白求恩医学院，再到新中国时期的山东医学院，我这个新中国培养出来的大学生终于毕业了。

在山东医学院读书的这些年，也是我最快乐的几年。在和平的日子里我可以安心读书，学习知识。我更与同学及老师结下了深厚的情谊，这种战友加同窗之情，陪伴了我几十年。

## （二）快乐假期　潜艇生活体验

在山东医学院读书期间的一大乐事，就是在假期与哥哥的欢聚。为了让刚“找”回来不久的妹妹享受更多的家庭温暖，几乎每个假期哥哥都让我去他那儿过。

新中国刚成立时，哥哥先是参加了中国外交部学习班，这个学习班大部分人毕业后，作为武官被派往驻外使馆，哥哥表示愿意继续留在部队，他后来调到海军司令部作战处当副处长。

1950 年初与哥哥在北京故宫

1950 年 2 月底，我第一次到北京看望兄嫂。哥哥带我游览了紫禁城、长城、天坛……北京这个千年古都，给我留下了深刻的印象。半个多月前的 2 月 13 日，我们兄妹刚在上海重逢，那次哥哥只和我待了大半天，这次是我们分别十多年后重享团聚生活。

之后哥哥参与了中国海军潜艇部队的创建。我以前对他这一段经历一知半解，以为是军事秘密从不追问。直到近年，我在华东师范大学教授沈志华《苏联专家在中国》一书中看到了相关记载：

1950 年 10 月 8 日，毛泽东致电斯大林，希望苏联派来潜艇全套艇员，“以便有效地帮助训练，待完成任务后返回苏联”。1951年2月7日，苏联同意于1951年5月至1953年6月（后延长一年），在旅顺基地为中国培训4艘潜艇的艇员，并拨出两艘潜水艇供培训使用，训练完毕再移交给中国。1951年4月20日至5月初，由傅继泽、李克明等275人组成的中国人民解放军潜水艇学习队，先后到达苏联海军太平洋舰队潜水艇分队。5月14日正式开始学习和训练，苏军指派10名教官和2艘潜艇艇员负责学习队教育和训练。潜艇学习队是一支由4艘潜艇艇员组成的大队，作为一个完整的建制单位，归中国海军直接领导，但生活在苏联潜艇部队中，学习和行政均由苏军领导。全体人员身着苏联海军服装，伙食按苏军标准，与苏军潜艇官兵一同进餐，执行的是苏军条令条例。党的关系、政治工作由旅大市委领导。

这275人的学习队就成了中国潜艇部队成立之初的骨干。

根据中央军委指示，中国海军的第一个潜艇基地于1952年5月在青岛开始修建，并同时筹建海军潜艇学校。哥哥李克明奉命到青岛，担任海军潜艇基地和潜艇学校筹建委员会主任。

1953年8月29日，中国人民解放军海军潜艇学校（第四海军学校）在青岛正式成立，李克明担任常务副校长。

1954年6月19日，是一个永载人民海军舰艇部队史册的日子。这一天海军第一支潜艇部队——海军独立潜艇大队在青岛成立，李克明任海军独立潜艇大队常务副大队长。

海军独立潜艇大队是以潜水艇学习队作为主要成员的。学习队经过3年多的学习，1954年6月18日举行结业典礼。在典礼上，李克明作为中国潜水艇学习队的代表，从苏联海军代表、少将哥洛瓦乔夫手中接过象征中苏海军友谊长存的纪念品。

在1954年6月18日结业典礼上，李克明代表中方从苏联海军少将哥洛瓦乔夫手中接过纪念品

1954年6月24日，从苏联购买的两艘中型潜艇正式移交中国，编号为“新中国11号”、“新中国12号”。6月28日，由中国人自己驾驶着这两艘潜艇，在苏联驱逐舰的护航下，从旅顺老虎尾起航，驶向中国海军的第一座潜艇基地，6月29日潜艇抵达青岛。当时负责到旅顺接收潜艇的正是我的哥哥李克明。

同年7月，又有两艘小型潜艇“国防21号”、“国防22号”加入，新中国的潜艇部队宣告诞生。

哥哥那段时间分别在旅顺和青岛两边跑，我也在假期先后去了这两个军港之城。

第一次到这个海滨城市时，我就被深深地迷住了。地处胶州湾畔的青岛，三面环海，气候宜人，随处可见20世纪初德国式的建筑修建于海滨和山丘上。

哥哥的四个孩子分别出生于北京、旅顺和青岛，正是他参与潜艇部队建设的印记

哥哥忙于工作，我就自己去海滩游泳。炽热的太阳将沙子晒得滚烫，我很喜欢光着脚板在沙滩上走，每天都是先走一大圈，然后再下海游泳。一个暑假过去了，我发现在战争年代患上的脚气病不药而愈。

而我在青岛最特别的记忆是登上了中国海军的潜艇。那天哥哥问我想不想去潜艇上看看水兵训练，我地答应了。

而我在旅顺最特别的记忆，是登上了中国海军的潜艇。

哥哥作为中国潜艇部队的创建人之一，让我享受了一次小小的“特权”，允许我到中国海军的潜艇上体验了一天的生活，这不仅让我的同学们羡慕了很久，也成为我一生中一件引以为傲的事。

大学时代我就很想去潜艇上看看，但我也不敢提出，其实那时即使提出，哥哥也不会答应，因为，在旅顺学习队期间，严格执行的是苏军条令条例，外人不准上艇。后来听说，尤其是不准女人上潜艇，据说是不吉利。

1961 年我留苏回国后，因为营养不良严重水肿。假期时去旅顺探亲及治疗，嫂子是中医生，给我吃了几副中药就消了肿。假期快结束时的一天，哥哥问我想不想去潜艇上看看水兵训练，我兴奋地答应了。

我心想：不是不准女人上艇吗？也许那时中苏关系已经破裂，早就不再执行苏军的条令条例了。我登上的这艘潜水艇"新中国 15 号"，是中国自己装配制造的第一艘潜艇，我心里备感自豪。

我对潜艇上的一切都很好奇。我进潜艇工作室观看了潜艇慢慢下潜的过程，发射鱼雷后，潜艇会激烈地晃动，这种感觉会带来不同程度的晕眩，所以一上艇就有个兵哥给我一个小桶，水兵们也是人手一个，时刻准备着——呕吐！

水兵们没有固定吃饭时间，只是在工作室的大桌子上摆满各种好吃的东西，蔬果、饼干，谁饿了就去取，可是我发现水兵们很少吃东西。

哥哥说："想吃什么就拿，吃得饱饱的。"在潜艇上的那一天，我享尽美食。

潜艇政委见我不晕不吐而且胃口奇好，就对我哥哥说："你妹妹真厉害！"他说，很多水兵要多出几次海才能适应过来。我告诉他，我天生不晕船。

于是他开玩笑地对我说："可惜你是个姑娘，如果你是男孩子，毕业后可以到潜艇当医生。"

## （三）告慰亡母

1953 年 7 月，我从山东医学院毕业，哥哥与我相约返回广东，到顺德众冲为母亲扫墓。路经上海转车时，哥哥给我买了件新衣服，很漂亮。

过去几年，我在澳门都是穿护士服或人家给我的旧衣服，南征北战时穿军装，新中国成立后的供给制时期穿的是列宁装。自母亲去世后，我这是第一次穿这么漂亮的衣服，感觉就像小时候过年穿新衣一样，高兴得不得了。

终于，哥哥和我回到了久别的广州，又从广州转车到顺德众冲，我离开众冲已有 14 年了，母亲的墓地在哪里？在当地起骨山工的指点下，我们在山间找到了母亲的墓。

看着母亲那小小的、长满荒草的墓，我不禁泪流满面，哥哥也在母亲墓前长跪不起。

亲爱的妈妈，我和哥哥来看您了。

妈妈，您知道吗？您走了之后，女儿是多么的无助，多么痛苦！您知道我多少次在梦中哭醒，多少次在心中呼唤！

妈妈，您知道吗？日本鬼子被打败了，全国都解放了！哥哥他成了一名军官，女儿我也大学毕业，我完成您“学医，治病救人”的遗愿了！

妈妈，这些年您一个人在这里太孤单了，让我和哥哥带您回家吧！

我们请起骨工收殓了母亲的遗骨，拿去火化。哥哥把骨灰分成四份，兄妹两人各留一份，放进他从北方带来的两个精致的景泰蓝罐子里，再把一份交给父亲葬入李家祖坟。母亲生前备受父亲冷落，抑郁终生，死后算是得到了应有的名分。

还有一份，我们撒入了珠江。

那天，天上下着细雨，我们租了小船来到珠江。

江水清清，我和哥哥把母亲的骨灰混着花瓣洒进珠江。江水滔滔，如泣如诉，好像是母亲最后的叮咛。

亲爱的母亲，一路走好，就让这清清的江水带您回家吧！

## （四）我的第一个精神病患者

1952年暑假后，我登上了去北京的火车。在北京大学医学院为期11个月的学习中，我开始正式接触精神病学，从我的第一个病人——一个美丽的芭蕾舞演员那里，产生了作为精神科医生的使命感。

北京大学医学院的前身是国立北京医学专门学校，创建于1912年，是中国第一所专门传授西方医学的国立学校。在我去学习的那年，中国高等学校院系调整，北大医学院脱离北大独立建院，更名为北京医学院，1985年再名为北京医科大学，2000年又与北京大学正式合并，正式更名为北京大学医学部。

记得解放战争时期，在后方医院工作时，曾接触过恐惧症和抑郁症患者，当时由于没有老师指导，只是按照参考书上精神病的治疗方法去处理。

在北医高师班，同学包括四川来的何慕陶、边祥麟，青岛来的腾钖衡、任青鸟，在学习期间，我还和北医的本科生侯沂、北大心理系的陈仲庚结为好友，我们在以后数十年的精神医学的临床和教学生涯中，互相鼓励、相互帮助。

在北医进修期间，精神病学家伍正谊教授、李崇培等老师为我们系统地讲授了有关精神病的理论，我在精神病院也接触到了各种不同病例。

印象最深的是一位女病人美云（化名），她是一位漂亮而出色的芭蕾舞演员，但随着年龄渐大，她对自己的前途极为担心。我第一次见到她时，她刚入院一个月，失眠、沉默不语、对什么都提不起劲，老师诊断她患了忧郁症，让我尝试多跟她交谈。

我除查房及上课外，晚上的大部分时间都去看她。

美云比我大两岁，我知道她喜欢看小说，就找了很多书给她看，还跟她一起讨论小说情节。她渐渐地对我产生了信任感，知道我关心她，再加上我不是北京人，不会将她的隐私泄露给别人，因而毫不保留地将心事告诉我，比如担心前途、牵挂父母、个人感情等等。

美云视我如姐妹，不仅对我敞开心扉，还要我晚上陪她睡。我一般是陪她入睡后，再回宿舍。有一天，她说："李大夫，你就睡在我这儿吧！不要回宿舍了。"

我征求老师的意见，老师认为她并没有暴力倾向，但要我要注意安全，保持警觉性。这一晚，我没回宿舍，美云睡得很安心。我一直半睡半醒，到黎明时分，终于忍不住沉沉入睡，直到天亮后美云叫我起床上班。

从这一天起，我每晚都来陪美云，她渐渐改善了睡眠，再配合药物治疗，经过一段时间，美云的情绪稳定下来，康复出院了。

出院时，美云握着我的手说："我有个妹妹，她当医生，跟她在一起我心里很安稳。"美云眼泪流个不停，又紧紧地拥抱我："谢谢你，我舍不得离开你！"

这时护士长在我的背后拍了我一下，我心领神会，知道作为精神科医生，要协助病人抽离对医生过多的依恋。

出院前美云曾邀请我们去看她的表演，所以这时我赶紧岔开话题说："美云姐，你要努力练习，我要去看你跳舞啊！"

过了些时候，美云要演出了，特地打电话来邀请我和老师及几个护士。她因为要准备演出不能亲自来接我们，但剧会派了车来。到了剧场，我们一行八人被安排坐在第一排，演出结束后，剧团领导还让我去后台看她。

我称赞美云跳得棒极了，她则拥抱着我，感谢我这个医生妹妹帮助她恢复了信心，学会了如何面对逆境、调整心态。临分别时，她说："李大夫，您放心，我一定会坚持下去。"她还送给我一张她的相片作为留念，这张相片我一直保存至今。

成功治好美云对我很是鼓舞，她对我这个初出茅庐的精神科医生的信任，给我的职业生涯创造了一个充满信心的开端。

进修将要结束时，我撰写了《第二信号系统对精神病的应用》一文，受到老师和专家的一致认可。

毕业后，我被分配到山医附属医院工作，与神经科医生李大年等一同负责精神医学教学及门诊工作，治疗心理障碍、强迫症、更年期综合征等。

记得那时我收治的第一位病人患有恐惧症，病因是看到小偷在他的地里偷菜，从此天天担心而导致发病。第二位是一位要求减肥的女青年，她患了强迫症。那个时候强迫自己减肥的人还真少见。

1954 年，山东省精神病医院开始筹建，两年后正式收治精神病人。本来领导也来征询我的意见，让我参加建院，但没多久，我接到通知——准备参加考试，去苏联攻读精神医学博士。

## （五）留苏预备班

1954 年的一天，方春望院长找到我，让我停下手头的工作，准备参加相关研究生科目考试，原来我和刘磊、戚仁多三位同学被选为留学苏联的候选学生之一。

新中国成立后，为了加快培养管理和专业人才，新生的共和国在全国各行各业精选了一批品学兼优的大学生，派往苏联、东欧社会主义国家，学习先进的管理经验和科学技术。那几年，新中国先后派出了1万多名留学生。

出国前在北京农展馆留影。这是苏联设计师参照列宁格勒海军总部大厦设计的

留学生的选拔条件非常严格，政治、业务、外语、身体条件四者缺一不可。不仅对学业水平要求甚高，在政治审查上更是一丝不苟，这些留学生可谓“又红又专”。

通过严格的政审、体检之后，我苦读了一个学期，1955年暑假去北京俄语学院参加了国家留苏生考试，共考了13门课，除了神经生理、神经解剖等专业课，还有自然辩证法、马列主义哲学等课程。9月份我接到通知，如愿以偿地被录取了，我第一时间把这个好消息告诉了哥哥，与他分享我的喜悦。

1955年暑假后我到北京俄语学院留苏预备部报到，我们班共有45名学生，来自各省市，这些医科生都是准备到苏联学习基础医学和临床医学的，只有我一个人攻读精神医学。

我们学习了一年的俄语及政治课，同时继续接受中央组织部的政治审查。当时有一种说法是“够入党条件，不一定够留苏条件”。

我们在出国留学预备班，除了上课，还要接受军事训练加强体能，军训的项目有越野、过独木桥、飞行员的高空旋转、驾驶摩托车等，这对参加过战斗的我来说是小菜一碟，我通过了“劳卫制”的检测项目，获发“劳卫制”二级证书。

除了军训，学会跳交谊舞也是出国之前要完成的必修课。

这一年我忙于考试、上学，哥哥则忙于潜艇部队的工作。

1955年9月，潜艇独立大队扩编为潜艇第一支队，下辖4个大队，哥哥任支队副队长兼参谋长。1956年3月26日，中国自行装配制造的第一艘潜艇“新中国15号”下水，这可是中国潜艇部队的一件大事。

1956年夏，我顺利通过留苏预备班的各项考试，也就是说，我跨过了留苏前的最后一道门槛，有资格出国了，我赶紧写信把这个好消息告诉了哥哥。

没多久，又有了一个意外惊喜——哥哥到外语学院来看我了。兄妹俩各忙各的，已经有一年没有见面了。这次他是因公务到北京，抽空跑到外语学院来与我会面。他给我买来两件精致的中国工艺品，说是毕业时可送给苏联老师留念，又在北京给我买了一件黑色皮夹克，让我带去冰天雪地的列宁格勒穿。

那件皮夹克，是我带去苏联的唯一的一件私家衣服，因为在出国前夕，政府为每位留学生量体裁衣，准备了四季的衣装，冬天穿的长大衣、西装、皮靴，夏天的丝绸布拉吉（连衣裙）、高跟鞋、丝袜等，漂亮的衣物塞满了两个大行李箱。

我们根本不用为出国带什么衣服花半点心思。只不过，在这些衣物中，唯独没有长裤。出国前外交部给我们传达了出国日程及注意事项，特别向女生交代的是：不准带长裤出国，在国外一律穿裙子。

出国前的一天，全体留学生到人民大会堂等待周恩来总理的接见。外交部的领导说，周总理要你们打扮得像天使一样美丽，你们代表着中国的形象。

下午3点，敬爱的周恩来总理来了，会场上掌声雷动。周总理敏捷地登上讲台，向同学们发表讲话，勉励我们努力学习，为国争光。同学们听后热泪长流，用热烈的掌声和紧握的拳头向周总理作了保证。

后来，出访苏联的毛泽东于1957年11月17日在莫斯科大学向中国留学生发表讲话时说："世界是你们的，也是我们的，但归根结底是你们的。你们青年人朝气蓬勃，正在兴旺时期，好像早晨八九点钟的太阳，希望寄托在你们身上。"当时我身在列宁格勒，没有见到毛主席，但得知后也大受鼓舞。

我们当年那些"早晨八九点钟的太阳"，大部分都以品学兼优的成绩学成归国，成为建设新中国的一分子。

# 八、留学苏联

## （一）西伯利亚铁路

1956年11月上旬的一天，一列载满中国留苏学生的专列驶离了北京，我的心情既兴奋又不舍，再见了北京！

我们这趟从北京开往莫斯科的国际列车，驶经世界上最长的铁路——西伯利亚铁路，全程9 000多千米，连接苏联首都莫斯科和远东地区太平洋岸边的符拉迪沃斯托克（海参崴）。我们的火车出山海关，经满洲里，过伊尔库茨克，再穿过乌拉尔山脉，整整走了九天九夜才到莫斯科。

列车开到中苏边界，由于中苏两国轨距不同，苏联采用阔轨，所以需要停留数小时换轨，同学们于是都下车活动活动。

在异国的边境城镇，类似童话中的俄罗斯小木屋比比皆是，让我们这些来自中国的年轻人感到很新鲜。见到苏联人，大家总想试着讲几句俄语，检测一下自己能听懂多少。可是一开口，就感觉糟糕了，虽说出国前苦学了一年，但跟真正的苏联人一对话，竟有点怀疑，我以前学的是俄语吗？

冬天的西伯利亚，雪花纷飞，火车的玻璃窗结了冰花。停站时，带队的外交办领导发给每个同学一卢布，叫我们下车买冰淇淋吃。我们穿上长大衣、短毛绒袄、毛皮靴，戴着皮手套，又围上毛围巾，开开心心地下了车，吃冰淇淋，玩雪球，感觉幸福满足。我在心里默默地说：“感谢周总理给我们的温暖。”

西伯利亚铁路沿途有着一望无际的茂密森林、宽阔无边的雪原、浩瀚清澈如同巨幅湛蓝绸缎的贝加尔湖、一片片的白桦林、一幢幢童话中的小木屋……景色迷人至极，使这条铁路成为众多旅游爱好者向往的地方，因为单是乘坐火车本身就是一个享受的过程。

九天九夜后，我们抵达了目的地——苏联首都莫斯科。

## （二）初见导师

抵达莫斯科后，大使馆的工作人员安排去列宁格勒的同学暂住在莫斯科大学的宿舍。

第二天，先期到莫斯科的中国同学，带我们去红场参观列宁和斯大林墓，还参观了几个藏品极为丰富的博物馆，博物馆的展品琳琅满目，令人大开眼界。

莫斯科的冬天非常寒冷，在我们到来之前刚下了一场大雪，积雪尚未融化，在阳光的照耀下银光闪烁，而结了冰的地方非常滑。我第一次穿高跟鞋走在冰上，很不习惯，有几次差点滑倒，只得小心地步步为营。

2006年夏与女儿一家重访母校

举目看看莫斯科街头的女性，无论是苗条的姑娘还是肥胖的大妈，无不穿着高跟鞋，我对她们如履平地的冰上高跟鞋功夫深感佩服。

我们只在莫斯科走马观花地游览了一天，第三天就乘火车前往列宁格勒，开始了新的学习生活。

出了火车站，同学们由各自就读的学校派车接走了。在宿舍里，我认识了我的第一位苏联朋友克拉拉，她是来自莫斯科的进修生。由于宿舍离学校还有一段距离，导师安排她在开始的几天陪同我往返学校。在以后的日子里，我们成了好朋友。

我就读的是列宁格勒医师进修学院，是专门培训有一定临床经验的高级医务人才的教学机构。我在这里度过了差不多四年的时光，为我以后的学术生涯打下了坚实的基础。

毕业后回国，中苏关系恶化，我和学校失去了联系，只是后来从一份学术文件中得知我尊敬的导师去世的消息。我怀念导师，怀念同学，怀念母校，无数次在梦中故地重游！

临回国前与导师及其他教师合影。前排左二是我的导师，后排右一是妮娜

50年后，我和女儿一家去欧洲旅游，才得以重访母校。2006年8月3日，我们从酒店乘出租车直奔学校，当车子驶近学校附近时，看着那些似曾相识的街道和建筑物，我的心跳越来越快，终于，我看到了那座在涅瓦河边的古老建筑物！

亲爱的母校，我回来了！当年与导师相见的那一幕好像就在昨天——

1956年，到学校报到的当天下午，我见到了教研室主任、我的导师司洛切夫斯基教授，他是一位著名的精神病学专家。后来在交谈中我得知他是老布尔什维克（后改称苏联共产党），在“二战”中是苏联红军的军医，参加过列宁格勒保卫战。

教研室中还有一位50岁左右的讲师阿列克诺夫娜，也是当年参加过苏联红军的女医生。另一位年轻的女助教妮娜，四年前毕业于医科大学，这位28岁的俄罗斯姑娘，给我当了很长时间的“导游”。

司洛切夫斯基教授60多岁，嘴上留着小胡子，是一位非常慈祥的学者。可是第一次见面才不过跟我交谈了一小会儿，他就不客气地说：“铁，你的俄语不好。精神科医生过不了语言关，如何诊治病人？”

于是他让妮娜带我全脱产去“玩”一个月——集中练习口语。

在北京出国预备班时，总觉得自己俄语学得不错，很多同学觉得很难发的颤音“P”我都应付自如，谁料到了异国他乡，竟觉得舌头不会转弯了！

得知我到列宁格勒的消息，比我先到这里留学的山东医学院老同学刘磊和我在新四军军医学校的老同学徐静先后来看我，分别给了我100卢布。见到亲切的面容，听到熟悉的乡音，真是他乡遇“知音”啊！

## （三）迷人的列宁格勒

位于波罗的海芬兰湾东岸的列宁格勒原名圣彼得堡，是苏联第二大城市，也是苏联最欧化的城市，已有300多年的历史。

位于涅瓦河南岸的彼得大帝青铜骑士像，是圣彼得堡的象征

1703年，彼得大帝在涅瓦河口建立要塞，后扩建为城，称为圣彼得堡。1712年，俄国首都从莫斯科迁到这里，持续了200多年，1914年改称彼得格勒。1924年列宁逝世时，苏共将这座他曾经生活、工作和战斗过的城市命名为列宁格勒。苏联解体的第二年（1992年），经市民投票，这座城市又恢复了圣彼得堡的旧名。

涅瓦河三角洲上数十条纵横交错的水道和运河，把大地分割成40多个小岛，靠400多座桥梁相连，使圣彼得堡具有独特的“水城”和“桥城”景观，所以被人称为“北方威尼斯”。

在这里，昔日帝都留下的俄罗斯古典建筑群和名胜古迹比比皆是，如冬宫、夏宫、海军总部大厦、圣伊 萨克大教堂、十二月党人广场等，罗蒙诺索夫、门捷列夫、普希金、果戈理、高尔基等许多杰出的科学家、文学家都在这座科学文化名城里生活和工作过。

在列宁格勒普希金城留影

我的导师司洛切夫斯基教授为了让我强化口语，给了我一个特别的“长假”。我在列宁格勒生活的最初一个月，在助教妮娜的“导游”下，几乎“游”遍了整个列宁格勒。

头一天，妮娜先是带我参观学校和医院，边走边讲，我不断地点头，其实我只能听懂个大概。

1960年6月论文答辩前在“阿芙乐尔”号巡洋舰前留影

接下来的日子，她带我去看彼得大帝青铜骑士像，又去参观博物馆、逛书店、看电影……还去她家做客，吃了很地道的俄国菜，她母亲还很热情地要教我几招厨艺。

一个月下来，我不仅俄语听说大有进步，还知道了不少有关列宁格勒的历史。

列宁格勒不仅是一座科学文化名城，也是一座英雄城市。1917 年的二月革命和十月革命都是在这里爆发。

“十月革命的一声炮响”——炮打冬宫的炮声，就是从“阿芙乐尔”号巡洋舰发出的。

1941 年 6 月，法西斯德国军队入侵苏联，苏军从“阿芙乐尔”号拆下 9 门火炮，部署在列宁格勒城郊抵抗德军的进攻，而“阿芙乐尔”号因无力抵挡德军的轰炸在港口自沉。

2006 年 8 月，再次来到涅瓦河边

更可歌可泣的是，从 1941 年 9 月至 1943 年 1 月，法西斯德国军队对列宁格勒长达 900 天的围城战期间，列宁格勒军民英勇不屈，不顾敌机的狂轰滥炸，忍饥挨饿，历尽千辛万苦，终于在冰封的拉多加湖上开辟了一条冰上“生命之路”，最终取得了列宁格勒保卫战的胜利，为此，有 60 多万居民和苏军官兵献出了生命。卫国战争后，苏联政府授予列宁格勒“英雄城”的荣誉称号。

战后的 1948 年，“阿芙乐尔”号被打捞出水并进行了修复，作为十月革命的纪念舰永久性地停泊在涅瓦河畔，向人们诉说那段峥嵘岁月。

## （四）我的留学生活

经过一个月的强化训练，我的口语大有进步，导师司洛切夫斯基教授也很高兴。我的留学生活正式 开始了，四年来基本上就是在宿舍—医院—学校“三点一线”，过得紧张而又充实。

留苏期间盘着辫子的标准相

每天早晨6点时起床洗漱后，我便在宿舍操场跑上一阵，做做运动，回宿舍先洗个热水澡，然后再冲冲冷水，我的宿友克拉拉大为佩服。

早餐是自备的牛奶、面包和黄油。列宁格勒的冬季异常寒冷，大多数日子气温在零下20度左右，最低可达到零下30多度，所以吃黄油是必需的，身体需要足够的能量来抵御严寒。

1957年1月1日，与好友克拉拉庆祝新年

吃了早餐，我和克拉拉乘车穿过宽阔的涅瓦河大桥到对面的学校上课，我们在桥上可以看到停泊在涅瓦河岸边的“阿芙乐尔”号巡洋舰。

留学苏联期间，在宿舍前晨练

克拉拉介绍说，在涅瓦河上有不少桥可以开启，凌晨时架在河上的铁桥纷纷向上张开，呈八字形，以便大船通过。这是列宁格勒的一大景观，许多当地人和外国游客都喜欢在夜间来到涅瓦河畔，观看开桥的壮观景象。

列宁格勒的夏天最美妙，气候宜人，而每年的6月到7月间，列宁格勒会变成一座不夜城——这里有长达 两个月的白夜，尤其是6月21日这一天，是当地的“白昼节”。这一天，列宁格勒几乎有23个小时处于白昼。

1957年夏天摄于列宁格勒

在白夜期间，克拉拉特地带我去看涅瓦河上的开桥景观，真是令我大开眼界。

我们实习的精神病院也在涅瓦河对岸，比学校稍远一点。这所精神病院在帝俄时代就已创办，四层高的主楼古色古香，至今已有超过100年的历史，一、二楼是女病房，三、四楼是男病房。

在上了一个月的专业课之后，司洛切夫斯基教授安排我在精神病院女病房当住院医生，让我分管20个病人，负责写病例、开处方、神经内科各项检查，以及各种小型手术，此外还负责新病人的入院手续。

一年多过去了，我逐渐习惯了西餐，在上海宰牲场对牛肉的恐惧感已经消失，俄式的土豆烧牛肉和硬邦邦的酸面包也吃得津津有味了。

更重要的是我的临床学习大有收获，精神科病房的各项工作我已能应付自如。开始时，比如做腰椎穿刺抽脊液检查等小手术时，女病房的主治医生好心地手把手教我，我不好意思拒绝，因为不顺手，所以未能成功。我向她要求，让我自己来吧，她半信半疑，但也同意让我尝试，结果顺利完成。后来我告诉了她我过去在战地手术队的经历，她恍然大悟。司洛切夫斯基教授很满意，又派我去另一家医院的神经科实习了三个月。其实我对神经内科的临床并不陌生，但我很珍惜每一个学习机会，虚心向临床经验丰富的苏联医生请教。

结束了神经科的实习之后，我的临床学习差不多到尾声了。导师派我去莫斯科的精神病院学习一个月，我暂别已经熟悉的列宁格勒。

我很高兴，因为可以去莫斯科找克拉拉了，那时她已结束了在列宁格勒的进修。我们在一间宿舍共同生活了一年，早已情同姐妹。

## （五）在莫斯科的日子

我刚到莫斯科的 1956 年，恰好是《莫斯科郊外的晚上》发表的那一年，很快这首歌就风靡全球，一直传唱到今天。每当听到那优美而又熟悉的旋律时，我的思绪都会被带回在苏联、在莫斯科的日子。

与老同学克拉拉合影

莫斯科建城于 1147 年，迄今已有 800 余年的历史，是世界上最大的城市之一。十月革命后，莫斯科在 1922 年 12 月正式成为苏联首都，也是世界上第一个社会主义国家即苏维埃社会主义共和国联盟的首都。苏联解体后，莫斯科仍是俄罗斯政治、经济、科学文化及交通中心。

在苏联期间，我不只一次游览了这座被称为“建在森林中”的城市。

1956 年冬，从北京乘国际列车抵达莫斯科之后，我们这批去列宁格勒读书的同学只在莫斯科走马观花地游览了一天，当时莫斯科给我的感觉就是建筑物很高大、马路很宽阔。

在我的临床学习结束之前，导师派我去莫斯科精神病院学习了一个月，其间我去看望了克拉拉。后来，我随导师去苏联南方一个小城参加了三天的精神科学术活动。会议结束后，导师先返回列宁格勒，又专门安排我在莫斯科玩了几天。

前几次只是蜻蜓点水般地玩了玩，1960 年写完论文等待答辩时，导师说我苦读多时，该去松弛一下紧绷的神经了，于是给了我一个星期的假，我决定去莫斯科探望克拉拉。临行前导师说，一定要住在克拉拉家，不要住旅店，因为莫斯科的房价虽不是特别贵，但对我这个穷学生来说就是“天价”了。

50 年后重游莫斯科，景物依旧

其实我根本没打算住旅店，因为克拉拉早就三番五次地写信让我到她家小住。

老朋友相见，格外高兴，这一次我在克拉拉舒适温馨的家里住了五天，她的丈夫是一个风趣的俄罗斯小伙子，她的母亲对我非常热情，给我做各种俄罗斯美食。临别时，还送了一个用蓝色丝绒和十字锈小狗图案制成的靠垫给我留念。克拉拉特地请了几天假，天天带我玩，所以我这一次的莫斯科之旅十分尽兴。

莫斯科古老与现代并存的文化氛围，给我留下了深刻印象。

克拉拉还请我去莫斯科大剧院观看了顶级的芭蕾舞剧《天鹅湖》，上几次来莫斯科总是时间不凑巧，这次终于如愿以偿。

值得一提的是莫斯科的地铁，不少地铁站都是建于19世纪20年代，即使以今天的标准看，仍是非常的现代化。许多地铁站以大理石、马赛克、浮雕、壁画、水晶吊灯、彩花玻璃装饰，美轮美奂如同“地下宫殿”。

我当时想：这就是地铁站吗？这明明就是富丽堂皇的美术馆。

一晃50年，2006年我故地重游，当年的场景历历在目，与克拉拉的友谊，以及《莫斯科郊外的晚上》的旋律，都成为我青春岁月的美好记忆。

## （六）脑电图课题研究

1959年初，我的临床学习结束了，导师司洛切夫斯基教授定出了我的研究课题：躁狂抑郁性精神病的脑电图研究。

每个人都有情绪的起浮，但最严重的便会成为躁狂抑郁症。躁狂抑郁症又称“两极性情绪病”，包含周期性的躁狂及抑郁两种病症。患者的情绪起伏，有两至三天思维敏捷兼对未来充满希望，精力好，情绪高涨，思考速度极快，但过了一阵子会抑郁兼萌生自杀念头。

医学界一直都对躁狂抑郁症进行不断的研究，有关发病的成因，有研究认为遗传及生理因素与此症有关，患者脑内一些操控情绪的物质出现问题，以致引起异常的情绪。此外，环境压力、精神打击、疾病等都会增加发病的机会。

我的导师司洛切夫斯基教授是精神病学的权威，他帮我选定以脑电图这种形式来研究躁狂抑郁症。他要求我追踪研究50名躁狂抑郁症病人的病史，帮他们进行详细的体检以及神经、精神科的检查，并进行心理测验，将研究检查结果作详细地记录、比较、分析，留作论文数据。

医院首次从德国购进一部16道脑电图仪，导师开玩笑说，这是专门给我买的，他让我从安装开始，从头到尾每个步骤都必须独立完成。

当时的脑电图仪与现在的新一代仪器相比，庞大而复杂。我对这种仪器安装一窍不通，对于电子电路知识更是“白纸”一张，在一个机电工程师的协助下，我开始了漫长的安装过程。我从最简单的电路知识开始学起，遇到不懂的就请教机电工程师，或是列宁格勒大学电子系的中国同学。

有一天晚上，电线发生了短路，导致全院都停了电，幸好机电工程师及时赶来修好，才没有发生意外。

第二天上午，我去见导师，准备一五一十地告诉他昨晚的事，他一见我就问：“铁，昨晚你受惊了?”原来他早已知道医院大停电的事，非但没有责怪我，还安慰我，又鼓励我继续努力，一定能成功。我既内疚又感动。

我夜以继日，连吃饭都在脑电图室。在不断的失败和摸索中，我逐渐搞清了安装说明，终于在一个月后安装完毕。经过检验，完全合格，安装完成后我也成了半个机电工程师。

用那位机电工程师的话说，我就是全院脑电图检查的“创始人”。

虽然遇到很多困难，但我明白导师的良苦用心，那时中国脑电图检查尚未普及，导师说，让我从安装到操作、诊断全盘掌握，这样回国后就可以独立完成脑电图室的创建。

我的导师真是有先见之明，在我回国后，当年在列宁格勒所学的这些脑电图知识，使我在以后的几十年中受益无穷。

脑电图仪安装完成后，导师从医院调来一位中年护士与我合作。我先培训她学会开机后的检查、识别伪差等，很快我们便开始用脑电图来作研究。

一年来，经过对这些躁狂抑郁症病人的临床及脑电图分析，我掌握了一定病例的数据，开始着手写论文。

## （七）论文的准备

在我着手写论文之前，除了从事临床和科研工作，导师司洛切夫斯基教授还分配了教学任务给我，我为精神医学培训班的学员上了 60 小时的课。课程之一是介绍中国传统医学有关精神病的理论和治疗。我请山东医学院的老同学王均乐帮忙收集资料寄给我，我将这些内容综合整理写成俄文教材，还列入毕业论文的一个环节。

课程的另一项内容是培训学员们学习脑电图的检查和诊断。

导师司洛切大斯基教授对我的教学工作很满意。为了让我增加见识，他又带着我去苏联南方一个小城参加了三天的精神病学术会议。

从南方小城回来，我结束了住院医生的工作，每周只是去查房 2 天，并继续进行脑电图临床检查，其余时间就泡在图书馆查阅资料，准备动笔写论文。

终于，我开始动笔写论文了。在过去一年，我对 50 名躁狂抑郁症的病人进行了详细的追踪研究，从临床到脑电图的诊断，收集了大量数据，开始时觉得写论文似乎比我当初安装脑电图仪轻松得多，很快我就知道绝不是那么简单。

苏联的副博士学位制是充满了竞争和优胜劣汰的机制。学位的就读期限，苏联人为三年，外国留学生，考虑其语言的困难定为三年半。攻读副博士学位的人，要有一定的工作经历。在规定期限内，能通过论文答辩者，方可获得国家机构颁发的学位证书。有了这一张证书，工资待遇要比无证书从事同类工作的人高出一倍。但是，如果答辩未能通过，这几年的研究生就白读了。在苏联只承认学位，不承认研究生学历。所以，每个苏联同学在通过论文答辩后，欣喜若狂，请客喝酒，以示庆祝。因为，通过答辩意味着为他们一生的社会和经济地位奠定了基础。

任何人的论文水平，都要由参加答辩会的同行学者，按其标准对论文进行考查和审核。特别是那些论文内容近似的同行，他们自然会对论文提出尖刻的问题。因为对答辩者的肯定，就意味着自身的论文已失去新颖的价值，这实际上是一场“学位”之争。据说苏联副博士学位的答辩通过率不会超过 90%。

苏联人（包括现在的俄罗斯、乌克兰等国家）认为他们的副博士学位等同于欧美各国的博士学位水平，而在中国大陆和台湾，俄制的副博士学位都被认定相当于欧美国家授予的博士学位。

我的导师司洛切夫斯基教授要求极为严格，论文的统计表、配图、摄影、洗照片，全部要由我自己完成。1959 年底，我的论文终于写完，助教妮娜帮助我修改词句及俄语语法错误，然后送交导师审阅、修改。他对我的文稿进行了认真的审阅，又审查了幻灯片，还要求我在教研室内进行答辩预演，由老师们向我提问题。

写完论文等待答辩期间，司洛切夫斯基教授安排我去司法鉴定组实习三个月，我每周随导师去监狱三天，学习精神病的司法鉴定。在那里见到不少有心理障碍的人，有几个甚至从十月革命开始就坐牢。有位老先生竟然也知道新中国成立了，还对我说："祝毛泽东同志身体健康！"

在我与他们的交谈中，发现有位65岁的老布尔什维克，按我的诊断他并没有精神病，被禁锢在这里，应该另有内情。我作为外国留学生，也不好多问。

三个月的实习结束，使我对精神病的司法鉴定有了大致的了解，在以后的精神科医生的生涯中，每当我获公安机关之邀参与犯罪嫌疑人的司法鉴定，都让我想起我在苏联监狱实习的日子。

1960年4月底开始进行研究生毕业考试，到5月10日全部结束，我顺利通过。

在接下来的日子里，我继续准备答辩，这时有几位同学叫我去北极圈附近玩，我对北极圈充满好奇，瞒着导师偷偷地跟着同学去了，因为据说我们要去的那个地方是不允许外国人进入的。到了北极圈，放眼望去，到处都是银白的世界，宁静而美丽，准备答辩的紧张心情也好像放松下来了。

## （八）副博士论文答辩

1969年6月15日，终于到了我论文答辩的时间了！

答辩的地点是列宁格勒大学的大礼堂，答辩委员会由十多位教授组成，坐主席台上的答辩委员会主席是一位本专业权威，还有12位论文评审专家及教授。

研究生答辩是件隆重的事，可能因为我是中国人，又是女性，吸引了很多苏联同学来听，包括我的老同学刘磊在内的10位中国留学生也应邀参加。

开始，面对黑压压的人群，我还真有点紧张。不过我很快就进入状态，冷静地以流利的俄语完成了论文报告。

我的报告内容分为四部分：中国传统医学对精神病的研究成果；脑电图对精神病临床诊断的应用与价值；躁狂与忧郁状态的心理测验异同点的分析；躁狂与忧郁的生理及病理状态的估计，并配以幻灯片说明。

答辩会上的评审专家和教授，对我的论文内容很感兴趣，并即席向我提出问题。这些质疑，有些早已被我的导师考虑到了，我自然应对如流。当然，也有些尖刻的问题需要我临场发挥，我也给出了令专家们无可挑剔的答案。

在那时以脑电图来研究精神病，在同行中也并不算多，由于采用了高新科技的测试手段，大量的脑电图数据再配以临床追踪研究，使我的论文从系统性和完整性上都得到答辩委员会专家的一致认同。这一点我要感谢我的导师，他帮我选了一个好题目。

此外，在论文中，我也提出了精神病学的研究方向展望——如何面向青少年的情绪教育。写论文时我的这一观点就很让导师赞赏，答辩时又得到答辩委员会专家的肯定。

答辩完毕，全票通过！

专家们认为我的回答有“中国人独特的预见”。

掌声响起，我终于松了一口气，接过了不记得是谁送给我的一大束花。

松了一口气的应该还有我的导师司洛切夫斯基教授，他快步走过来，以俄罗斯式的礼仪拥抱了我，高兴地说：“铁，非常好！非常好！”

我没有让我的导师失望！

我更没有让我的祖国失望！

## （九）临别依依师生情

论文答辩结束后的第二天，我返回医院与导师司洛切夫斯基教授及其他老师合影留念。

接下来，导师在家中为我的成功答辩设宴庆祝，教研室的其他 5 位老师也去了，我买了 4 个中国菠萝，请老师们品尝。

其实，我也知道，我这是最后一次到导师家吃饭了，因为我圆满完成了在列宁格勒四年的学业，我要回国了！我要回到久别的祖国，我要回去看我亲爱的哥哥了！

可是临别之际，我对相处了四年的老师及同学却又难舍难分。他们在我的工作、学习和生活中，给予了我太多太多的关爱与帮助。

尊敬的导师司洛切夫斯基教授，四年来他既是严师，又如同慈父。记得有几次周末，他让我放松一下，开车带我去他的郊外别墅度假，在郊外的小路上，还教会了我开汽车；胖胖的师母，把我叫做“中国小姑娘”临别时还送了我两套精致的刀叉餐具，我一直珍藏至今。

司洛切夫斯基教授叮嘱我回国后要努力工作，再写论文，将来回来通过答辩，即可获得博士学位。我满口答应，但那时尚不知中苏关系开始迅速恶化。

我将在北京时哥哥买的两件中国工艺品，一件送给我的导师司洛切夫斯基教授留念，另一件送给了讲师阿列克诺夫娜。

讲师阿列克诺夫娜，多年来一直在学业上给我莫大的帮助，临别时鼓励我说：“你勤奋、努力，将来一定会很有成就。”

助教妮娜，这位温柔、可爱、有教养的姑娘，既是我的“导游”，又是我的“字典”，为我作研究和写论文提供了大量帮助，临别时也送了我一只印有玫瑰花的漂亮碟子。

还有我的同学克拉拉，我忘不了她对我、对中国人民的真诚友谊……

三天后，阿列克诺夫娜讲师和助教妮娜送我上火车，我站在车厢门口跟她们话别，临别依依，我们三人禁不住泪流满面。我对她们说，我一定会回来看望大家的，也请她们转达我对导师司洛切夫斯基教授的敬意，祝愿他健康长寿。

列车缓缓地开动，再见了，我的朋友！

再见了，列宁格勒！

再见了，莫斯科！

# 九、风雨过后总是晴

## （一）回到北京

我怀着满腔热忱从苏联回到了北京。我出国时的1956年，中苏关系还是“同志加兄弟”，而在我回国的这一年却跌到了谷底。

1960年7月，苏联政府单方面撕毁了同我国签订的343份专家合同和257份科技合同，并很快撤走全部在中国的近1 400名专家。与此同时，中国对苏联奋力反击，掀起了批判“修正主义”的高潮。

虽然那时是夏天，我仍感到一股暴风雨来临之前的凉意。

1960年8月，经过九天九夜，火车从莫斯科抵达北京。我们留学生领取了行李等候北京外国语学院来接我们的车，就在此时，一大批原来在中国工作的苏联专家也在候车，我们感到很奇怪，回到学院才知中苏关系恶化了。

我们这些刚回国的留学生集中住在一起，校领导宣布，中苏关系破裂，我们要闭门整顿“修正主义”，还有“三不准”：不准拿行李出校门；检查行李，不准带电器、照相机、苏联钱币；除吃饭外不准下楼接待朋友……

过了几天我被破例允许出外会亲友。原来我哥哥路经北京，到外语学院院长办公室，向学校领导请求见妹妹一面，领导一见这个穿着整齐军装的军官，就同意了，批准了我半天假。

哥哥一家当晚就要从北京乘火车赶往旅顺，他带我到北京火车站候车室与几个侄儿见面，三个小侄子都长大很多，在我出国后才出生的小侄女也三岁了，我给了他们几盒在列宁格勒买的巧克力和一个洋娃娃。

哥哥所乘的火车晚上 8 点多才开，因外语学院在郊区，离北京站较远，所以他让我先回学校，不用送他了。这次见到四年多未见的哥哥，让我暂且把中苏关系恶化的担忧抛到了脑后。

## （二）“左”倾机会主义者？

批了一段时间的“修正主义”，我知道我不仅没有机会再去苏联继续拿博士学位，就连与导师及克拉拉通信的机会也没有了，心情难免有些失落。

但我那时也没有考虑过多，只是一门心思地想用自己学到的东西报效祖国。在与哥哥见面后不久，又有了另一件值得高兴的事，我在北京意外地与我在澳门镜湖护士学校的老校长柯麟相遇了。

老校长柯麟在北京

1960 年 8 月的一天，我去卫生部办手续，巧遇了柯麟校长，他一眼就认出我就是 16 年前在镜湖医院护校上学的那个小护士。

我做梦也想不到此时能见到柯校长，他还是那么的和蔼可亲。他请我在王府井吃午饭，我们边吃边谈往事。

我告诉他当年支队长欧初说他是“左”倾机会主义分子，让我不要去找他的事，他笑着问：“李铁民，你现在明白支队长的意思了吗?”我答：“可能是，他怕我当时逃回澳门去找您！为了保护您在澳门的安全吧。”

柯校长听了哈哈大笑。

我告诉柯校长，新中国成立后，在得知他地下党的身份后，很多疑问都真相大白了。我也告诉他，到了五桂山游击队后，支队长欧初将我的名字“李铁民”简化成“李铁”了。

柯校长说：“我当初一直看好你，你也没叫我失望。”

“文革”后柯老任卫生部顾问期间，我在北京和广州又分别拜访过他，柯老留我在家里吃饭，像以往一样，柯老仍然关心我的工作和生活情况。

1991 年柯老病逝，我在内心深深怀念他，他将我引领到五桂山参加抗日游击队。我从他身上，感受到了一位老共产党员的崇高精神和高尚情怀，也感受到了一位名医的仁心仁术。

## （三）暴风雨来了

我回到了济南的母校，山东省医学院的领导安排我在神经精神科教研室工作，同时在山东省精神病院当主治医生。虽然我教学、临床两头跑，但在工作上感到充实，在苏联学到的精神病学临床及脑电图检查的知识在国内大派用场。

留苏期间，有同学给我写信说：“给你介绍个对象吧。”这个对象就是原来在大学时同一个党支部的老姜，他 1955 年被派到德国的柏林洪堡大学留学。我们通了几年的信，他又在假期到苏联与我会面。1960 年 8 月我毕业回国在北外集中学习期间，他趁假期回国，我们登记结了婚，之后他又回德国继续学业，直到 1962 年回国后分配到北京工作我们才团聚。

1963 年摄于北京家中

第二年我们的独女出生，巧的是，她的生日 10 月 14 日恰好是广州解放纪念日，这对我这个广州人来说别有意义。

女儿一周岁摄于北京

俗话说，好景不长，平和的生活过了没几年，1966 年 7 月，史无前例的文化大革命开始了，我的许多老领导成了走资派被打倒，很快我也被“修正”了。

有一天，我带女儿回学院，在一块草地上见到院长方春望在拔草，他被造反派剃了“阴阳头”，看到老领导这个样子，我心里很难受，忙走过去安慰他。方院长一边拔草一边神色紧张地说：“李铁，快点走开，别让造反派看到你！”

我平静地说：“方院长，我连日本鬼子都不怕，还怕造反派？”

没多久，我这个被人称为打过日本鬼子的“老革命”也被列入黑名单，造反派撤销了我在学院及医院内的一切职务，勒令我靠边站。我这个老党员、转业军人，一夜之间成了“反动学术权威”、“反革命修正主义分子”、“牛鬼蛇神”。大字报上的名字被打了红叉，差点成了“现行反革命”。

在那段日子里，造反派每天都要我交代“罪行”。我何罪之有？如何“交代”？

有一天造反派抄了我的家，相片等东西都被抄走，除了厚厚的俄文专业书。随后还专为我办了个“展览”，丝绸连衣裙、丝袜、皮鞋、国际象棋……这些都是我的“资产阶级罪证”。

面对这些可笑的做法，我对他们说：“这些衣物都是出国前，周恩来总理送给我们留学生的。你能说它们是资产阶级的东西？”

对于我的“顽固”态度，造反派无可奈何，只能变本加厉地批斗和打骂。

批斗仍在持续，大字报还是满天飞。

终于，住在我隔壁的一个秘书上吊自杀，过了几天，一位总务科长也仰药而死。面对消失的生命，我告诫自己——坚持！再坚持！

批完斗完，我每天拖着疲惫的身体去医院上班。一天，我去查房，有一位得了妄想症的病人拉住了我，小声问我："李医生，他们是不是又打你啦？"我点点头。他又压低声音说："你要打不还手，骂不还口，为了孩子你要多忍耐！你多保重啊！"

我惊奇地望着他，我对他的"妄想症"有了新认识。

过了些天，造反派的一个头目让我全权"负责"二病房，除了要当主治医生，还要兼管病房的护理和清洁，因为他们要拉队出外"闹革命"，于是我带着女儿住进了值班室。

## （四）冬天里的温暖

"文革"时，在我最困难的日子里，乔柏生、孟文、王均乐、栾铭箴、刘磊等山医老同学，还有我在山东精神病院的同事护士长刘淑伟和丰宗珍等，并没有因我被造反派"打倒"而和我划清界限，他们不怕牵连，给了我莫大的关怀和帮助，这种同窗之情、同事之谊，让我在严冬里找到了支持和安慰。

而两位淳朴、仁慈的山东老大娘，更是在严冬里向我伸出温暖的援手。

"文革"开始时，女儿尚小，与我同甘苦共患难的同事刘淑伟护士长介绍了一位韩大娘来帮我照顾女儿。女儿很喜欢她，称她为奶奶。

后来，造反派要韩大娘离开我家，我那时除了上班还要挨批，丈夫又在外地工作，根本没人照看孩子。韩大娘知道我的困境，就把冬女带去了她家，我每星期去看望一次。

韩大娘家就在解放阁附近。解放阁位于原来的济南旧城城墙东南角，是当年济南战役中人民解放军攻城突破口处，为纪念解放济南而建。

我当时常想：我这个南征北战的老战士怎么会成了“牛鬼蛇神”？但我也相信，善恶因果，自有天理。

一个星期天，我去韩家看冬女，发现门锁了。邻居高大娘把我拉进屋子里，小声说：“前几天有几个造反派来，要带走你女儿，我们骗他们说有人带她走了。”

事后才知道，韩大娘把冬女带去了她老家章丘避风头，后来冬女病了，她赶紧带回来找我，但没有找到。

等我再去时，韩大娘告诉我说：“冬女前几天发烧出水痘，又找不到你，只好用农村的土办法治了一下。你别说，效果还不错，竟然好了！”

看着厚道的韩大娘，看着可爱又可怜的女儿，我感动得不知说什么好。

除了韩大娘，当时的一位女患者黄大娘也给了我莫大的帮助。

现在很多人怕精神病人，其实除少数重症患者之外，大部分患者并没有攻击性。我当时是女病房的值班医生，还要兼管护理和卫生，有时忙得无法照顾女儿，于是就带她住到了医生值班室。由于从小就接触精神病人，女儿对患者从来都没有恐惧感。

那时黄大娘正处于恢复期，我忙于值班，她就替我照看女儿，陪她吃饭、洗澡。后来她出院了，还经常来帮我看女儿。在我最艰难的日子里，她还收留了我们母女去避难。

“文革”结束，我调回广州，后来还曾专门回济南找过韩大娘和黄大娘两位好心人。可惜由于旧城改造，再也找不到她们的家了。

## （五）重返广州 落户暨南园

“文革”结束，阴霾烟消云散。1970 年停办的暨南大学于 1978 年复办，在全国各地招贤纳士。

暨南大学的前身是 1906 年在南京创办的暨南学堂，2006 年迎来了百年校庆。作为“华侨最高学府”，暨南大学始终坚持“弘教泽而系侨情”的办学宗旨，以“东渐于海，西被于流沙，朔南暨，声教讫于四海”为办学使命，将中华文化远播到五洲四海。

原珠纵和东纵的老首长和老战友曾还推荐我回广州到暨南大学任教，暨大也两度派员到山东医学院协商调动问题。为了加快调动速度，曾还又写信给在卫生部当顾问的老校长柯麟，向他“求援”。

终于，调令来了。

当我要离开山东时，却又从心底感到非常地不舍，我对山东是很有感情的。

我青春年少时就来到了这片土地，在这里生活了 30 多年。在这里我流过汗、流过泪，也流过血。如今我已两鬓斑白，但我听到故乡在召唤。

1979 年 7 月，我回到了广州。在投入一份新工作的同时，我很高兴见到了过去的许多老首长和老战友。

老同学曾还的家，是我到广州落脚的第一站；平日住集体宿舍吃食堂，周末时，校长梁奇达就让我带女儿去吃“住家饭”。当年在五桂山时，梁奇达就是我们珠纵一支队的政委，30 多年后他仍是那么关心我；还有当年的珠纵独立第三大队大队长林锋、东纵女战友冼杏清……

当时暨大住房极为紧张，几个老师带着孩子住在同一间集体宿舍。我没怨言，一心想为暨大复校尽一分力。

1980 年，我担任了精神医学教研室主任，10 年来担任多科教学工作，除了医学院本科和护校学生及进修生，还为对心理学感兴趣的外系学生开设选修课。在教学过程中，我对能将自己所知的东西传授给那些求知若渴的年轻人而感到快乐满足。

为了能更好地教学，我先后编写了《护理心理学基础》、《医学心理学入门》、《行为科学与行为医学》等多部著作。

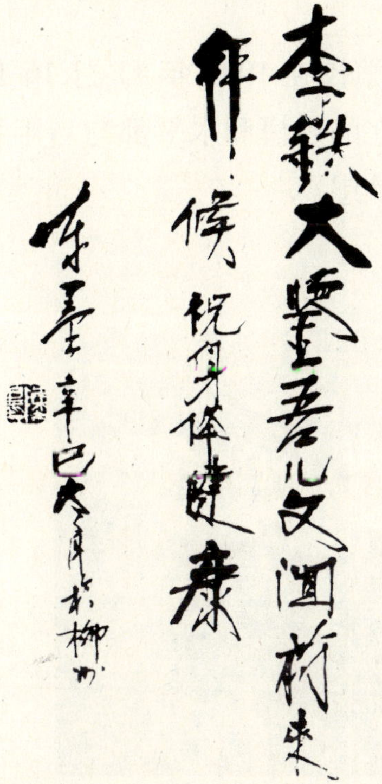

陈墨先生写给我的信，也是书法作品

在暨大附属医院，我又操起了在苏联留学时学到的“专长”——脑电图，除负责日常门诊检验、诊断之外，还针对广东省脑电图检查技术人员短缺的情况，在全省先后开设了 14 期学习班，培训了 70 多名脑电图检查青年技术员。

我重操的旧业，还包括对精神病人的会诊以及参与司法鉴定，这一切，正如当年我的导师司洛切夫斯基教授所设想的一样。

在暨南大学期间，我有幸为有“神州画怪”之称的陈墨治病。后来，我们成了朋友。

## （六）效力镜湖 夕阳余晖

1993年7月，我离休了。从1944年参加抗日游击队，我整整奋斗了50年，终于可以休息了。

可我天生是一个闲不住的人。应镜湖护士助产学校校长周金陵之邀，我回镜湖母校担任荣誉教授。

从1989年开始，我为镜湖在职护士开办了行为科学与护理心理学课程。离休后，继续为镜湖母校开办老年护理学课程及一些短期课程和讲座。

看着这所当年给我医学启蒙的学校在1999年11月16日升格为澳门镜湖护理学院，学院现在的规模和水平都与当年我上学时不可同日而语，我感到十分欣慰。

1999年12月20日，在澳门参加庆祝回归大巡游

而在这期间，我还见证了澳门1999年12月20日回归祖国的盛况。除了发挥“余热”，在离休后我游览了很多地方。

以前太忙，没有太多时间，现在终于可以悠闲地去欣赏祖国的名川大山。云南丽江、长江三峡、东北长白山都留下了我的足迹；我还欣赏了北欧的峡湾美景，走访了马克思的故乡——德国；曾经留学的列宁格勒恢复了圣彼得堡的旧名，美丽依旧的涅瓦河畔再次出现我的身影。

2006年7月和女儿一家在丈夫曾留学的柏林洪堡大学留影

2008年10月12日，我回到曾经生活、战斗、学习过的山东，参加山东大学召开的原华东白求恩医学院（医科）校友60周年团聚会，来自全国各地的校友齐聚一堂，重归母校，共同回味当年校园生活的点滴。大家都已成耄耋老人，但不变的是数十载的同窗深情！

回首80年，我怀着一颗感恩的心。这么多年来，我都坚持一个信条——毋忘恩人。现在我终于有时间了，我寻找那些曾经帮助过我的人：干姐、张兴孝世伯、王德光医生、林柳坚老师、韩大娘、黄大娘……虽然有的找不到，我只能祝福他们——好人一生平安。

回首80年，有风雨，有彩虹；有血泪，有欢笑；有过枪林弹雨的洗礼，有过出国深造的荣耀……

我活过，我无悔，我感恩！

# 后 记

母亲这一生，可以说，既历经磨难，又顺风幸运。

小时候看家里的户口本，母亲的原籍地址：广州太平南路191号二楼，家庭成分：小资产阶级。在“文革”岁月，我对那个“小资产阶级”始终耿耿于怀，为什么不是“工人”或“贫农”呢?

“文革”后，舅舅寄回一些母亲留学苏联时的照片，很多都是我第一次看到，因为母亲自己的那些，在“文革”时都被造反派抄家抄走了。看着她那些穿着漂亮，甚至是烫发的老照片，我突然想起“小资产阶级”这个词。

母亲其实也就“小资”了留学的那几年，自我懂事起，她就是一个艰苦朴素的“老革命”。

2002年7月，我跟着母亲和曾还阿姨去医院看望86岁高龄的梁奇达伯伯，他是暨南大学的老校长，也是母亲在珠江纵队的老首长。后来母亲告诉我，梁伯伯去世了，我想起以前刚到暨大时，常到梁伯伯家吃饭的情景。我在心里深深地怀念他。

过了没多久，母亲珠江纵队的老战友冼杏清阿姨说：“冬冬，你应该写写你妈妈，她是我们珠纵女兵的骄傲。”

面对繁忙的工作和年幼的孩子，我精力有限，而迟迟没有动笔的真正原因——我对母亲太熟悉了，却又好像非常陌生，该如何下笔呢？于是，一推再推，一拖再拖。

小时候母亲经常给我讲她过去在部队的经历，放假时天南地北地带我去各地游览，顺便看望她的老同学、老战友——曾还、梁冰、“摩登吐”（肖吐）等，这些故事中的人物，我并不陌生。

所有与珠江纵队、东江纵队和两广纵队相关的活动，母亲都曾参与，但她到底属于哪支部队，我却从来弄不清楚。

六年后，当我真正动起笔来时，才发现，我从未真正了解过母亲。在收集资料和写作过程中，我好像重新认识了我的母亲。

我为有这样自强不息的母亲而感到骄傲！

写作中我访问了母亲的许多老战友、老同学，包括曾还阿姨、刘磊叔叔、王均乐叔叔等，还有我的表舅陈荣燊、表姨谭美珍等长辈，他们都给了我很多宝贵资料和建议，在此表示由衷的谢意！

尤其要感谢的是本书的编辑吕肖剑先生，他不仅为此书付出了大量心血，而且没有他的鼓励和“逼迫”，我到今天可能还不会动笔。

李　冬

2009 年 9 月 6 日

（执笔者简介：20 世纪 80 年代毕业于暨南大学新闻系，从事传媒工作逾 20 年，现为香港凤凰卫视新闻主编）